# 恶童安伦

# THE BOOK OF ARON

[美]
吉姆·谢泼德——著
王晨光——译
JIM SHEPARD

中信出版集团·北京

**图书在版编目(CIP)数据**

恶童安伦 /(美) 吉姆·谢泼德著;王晨光译. --
北京:中信出版社,2018.1
书名原文:The Book of Aron:A novel
ISBN 978-7-5086-6239-8

Ⅰ.①恶… Ⅱ.①吉… ②王… Ⅲ.①长篇小说-美
国-现代 Ⅳ.①I712.45

中国版本图书馆 CIP 数据核字(2017)第 262558 号



恶童安伦

著　　者:[美] 吉姆·谢泼德
译　　者:王晨光
出版发行:中信出版集团股份有限公司
(北京市朝阳区惠新东街甲 4 号富盛大厦 2 座　邮编　100029)
(CITIC Publishing Group)
承 印 者:上海盛通时代印刷有限公司

开　　本:880mm×1230mm　1/32　　印　　张:6.75　　字　　数:130 千字
版　　次:2018 年 1 月第 1 版　　印　　次:2018 年 1 月第 1 次印刷
京权图字:01-2017-7349　　广告经营许可证:京朝工商广字第 8087 号
书　　号:ISBN 978-7-5086-6239-8
定　　价:39.00 元

献给艾达

# 1

爸爸妈妈给我起名叫安伦，可爸爸说真该叫我捣蛋鬼，舅舅则跟人说应该叫我糊涂虫。我会两手拿着药瓶把它们敲碎，把邻居家养的小动物从围栏里放走。妈妈说我还小，爸爸不该这么打我。可爸爸却说，这孩子就是欠揍。舅舅对妈妈讲，我一个人把全家人身上的疯劲儿都吸走了。

当我跟妈妈抱怨这些时，她说我只能怪自己。在我们家，治疗牙疼的方法就是给自己一边脸一巴掌。哥哥常嘟囔，我们从小连坐垫或枕头都没有，只能将就。每到这时妈妈会说，有本事就多抱怨，怨气多一点就能帮她把炉火生起来了。

舅舅是妈妈的哥哥，他是第一个叫我沙玛[①]的，因为我总会干出一些蠢事，让他指着自己的鼻子警告我，“你的事儿上帝可都知道了”。我们跟另一户人家同住在靠近立陶宛边境的城市——帕内韦日斯[②]的一栋房子里。我们家住前屋，墙上有四格窗户，屋里有盖着锡片的炉子。爸爸总在外打工赚钱，有一段时

---

① Sh'maya，希伯来语为שמעיה，拉比犹太教形成时期的著名拉比，被尊为圣哲。——译者注，下同。

② 立陶宛第五大城市。

间他倒卖动物皮毛。妈妈想让他换份工作，可他总说，教皇统教，农民种地，每个人都有自己的活法。妈妈靠给别人家擦地来补贴家用，白天她不在，邻居们就对我们肆意妄为，偷我们的食物，把东西扔到大街上。妈妈拖着疲惫的身子回到家后，又不得不为白天的事跟邻居吵起来，每当这时我就躲在院子里的垃圾堆后面，偷偷观察着一切。哥哥们回来后也会帮着妈妈。吵完之后他们总会问，咦，沙玛哪儿去了？我还是藏在垃圾堆后，呼呼的风把沙子都吹进了我的眼睛里。

舅舅说，沙玛这孩子总是只顾自己。可我没想过要那样，我也想了好多改进的办法啊，我一边走一边在心里嘀咕。日复一日，年复一年，每天都闷闷不乐。

妈妈曾试着教我认读字母，可我没学会。她拿来一块木板，上面贴着一张表，她指着上面的小鸟、小人或者钱包，然后又指着它们下面的字母。妈妈花了一整天教我写曲曲直直的希伯来字母，可我就像个野孩子似的，叫不出东西的名字。老师们跟我讲话，我只呆呆瞪着他们。א、ב、ג、ד、ה、ו、ז[①]，我不认识这些字母，它们也不认识我。搬家前我的最后一份成绩单上写着：品行，不合格；宗教，不合格；算数，不合格。连手工课都不合格。爸爸说这是他见过的最糟糕的成绩单了，让大家看看，我到底是怎么搞的。妈妈劝他，也许这孩子在别的地方能做好呢。爸

① 希伯来语字母表前七个字母。

爸告诉她，就算这孩子再活一遍也还是这副德行。他还说，一个有着坚强品格的人能够改过自新，但是一个懦夫却不行。我常常会想，是不是别人也跟我一样学东西这么费劲呢？我也常担心，要是自己什么都做不了该怎么办。成为我这样的人实在太可怕了。

下雨天我会在街上把东西堆成堤坝来分散水流，再找些木板用棍子推着它们绕水坑玩儿。妈妈把我从外面的暴风雨拽进屋里，她说找到我的时候，我坐在那里，满脑子都想着鱼和煎饼。她把我放在贴着火炉的床上，说我几乎所有的病都得了一遍：水痘、麻疹、猩红热、百日咳……这就是为什么我一生大部分时间，都像死着度过了。

晚上我躺着睡不着，就像邻居家的狗在等过路的马车。如果妈妈知道我没睡着，无论她自己多累，都会来到我的床边。为了让我尽快入睡，她告诉我，如果闭紧眼睛，天上那些亮光和星球就会从眼前飘过，很快消失，甚至来不及数一数。妈妈说，她爷爷曾告诉她，是上帝用自己的小拇指静静地操控着这一切。我跟妈妈说对不起，她说她并不担心我的学业，只关心我跟家人还有邻居相处得好不好。她说很多时候我的嘴巴动了，脑子却没动，或者脑子动了，心却没有。

弟弟出生的时候，我跟妈妈说真希望他被丢进鸡棚。四岁那一整年我都闷闷不乐，因为一只胳膊上注射了感染的疫苗。妈妈说，即使旁边有别的孩子，我也是自己玩自己的。两年过去了我什么也没学会，不会游泳，也不会骑车。我没有爷爷奶奶，姑姑婶婶，也没有教父教母。我问为什么，爸爸说因为社会上的寄生虫们衣食无忧，而那些值得尊敬的人却只能喝脏水，妈妈却说他们只是病了。我之前念儿童宗教学校①，直到有天爸爸从外面回来说，已经1936年了，该让我接受现代的正规教育了。我很高兴能转学，因为宗教学校的老师胡子里总是留着饭渣，答错问题会用小棍打手，他家闻起来就像狗窝。后来我到了公立学校，那里到处都干净不少。新老师穿着欧洲风格的衣裳，爸爸也很满意。老师教会我识字后我就开始自学，因为无聊，谁也不认识，只好看书。

在新学校我遇到了第一个朋友，他叫约迪，我很喜欢他。跟我一样，他也是在别人眼里没什么前途的孩子，总是挂着鼻涕跑来跑去。我们俩常常做筏子放进河里，练习往远处吐口水。他也叫我沙玛，我叫他尿床鬼。约迪一犯事儿，总能躲得很远而不被老师抓到。一天早上大家都还没来，我们俩用棒子打木片，可是玩得太尽兴，不小心把教室窗户的玻璃打碎了。我们还吓唬那些背着漂亮书包、从来不会像我们一样光着脚的男孩。在家里约迪也经常给我惹麻烦。有一年安息日，我把家里的剪刀掰成两半，做成两把“小剑”，他一把我一把，可我也因此挨了一顿打。约

① 犹太儿童宗教学校是一种教授犹太教基础和希伯来语的传统初等学校，一般在教师家里进行，不同年龄的男孩会一起上课。

迪的妈妈在因为牙病去世之前，只会教他唱一些悲伤的歌曲，其中一首是关于西伯利亚国王的。约迪妈妈刚去世他就来找我，可我却躲着他。第二天他告诉我，两个男人来家里把妈妈用木板抬走了，后来，他爸爸也带着他搬走了。

一年夏天，爸爸的表亲从华沙寄来了一张明信片，告诉他可以到自己的工厂里工作。那家工厂负责把棉线加工成布料。父亲搭着一辆载满鹅的货车去了华沙，后来也把我们带了过去。我们全家搬到了柴门霍甫街 21 号的 6 号公寓里。妈妈让我们把这个地址记住，免得走丢。弟弟因为肺病，只能整天趴在后窗看外面的垃圾箱。我们都觉得这次搬家最好玩的地方是广场对面那家裁缝店。那里的裁缝为军队做制服，窗户前摆着三排手一样大小的模特，都穿着小尺码的制服。我们特别喜欢那些小小的军标和勋章。

那时是夏天，家人希望我也能去工厂工作，可是路太远，得坐电车。我们被关在一间小屋里，没有窗户，一共五个男孩负责做布料。我们需要不断地摩擦布匹，直到磨出冬天长袜的那种纹理。每一匹布都要花几个小时，个头跟我差不多的孩子，得用胸部抵着刀片使劲摩擦才行。天热的时候，汗水不断地从头上冒出来，就像雨水顺着房檐往下淌。那些男孩总会打趣道：“瞧，我们这儿从乡下来了个多么努力的年轻人啊，他肯定要在镇上出人头地啦！”我却想：来这儿就是让他们嘲笑我吗？那之后我就没再回去工作了。

爸爸说他真想结结实实揍我一顿，揍到我抬眼皮都觉得疼。我像只老鼠一样藏在扫帚下面。妈妈劝他消消气，毕竟家里还有很多事我能做，过几周也要开学了。爸爸最后只得作罢，说这孩子也只能躲过这一会儿。妈妈告诉他，这就够了。那天晚上他们开始打呼噜的时候，我偷偷爬到床上，亲了妈妈一口，把毯子从爸爸的脚上扯到一边，盼着他着凉。

晚上因为睡不着，我就帮着妈妈做白天的家务。她得意地跟每个人说，有这么一个不怕早起的孩子真是幸福。我做得很卖力，经常陪着她，帮她洗完了一桶衣服，还给弟弟拿热毛巾敷在胸上。她问我这样是不是比整天打碎瓶子到处惹麻烦好多了，我说是的。当时我个子很小，妈妈拖地的时候我还能蹲在拖把前面的毛上。

妈妈跟爸爸说，至少孩子们现在规矩多了。爸爸回道，可是没一个身子骨壮实或脾气好的。晚饭的时候，他还笑妈妈做饭也像洗衣女工一样。“那你到外面饭馆吃吧。”妈妈回了一句。她后来跟我说，小时候她从不抱怨，所以她妈妈心里很清楚谁才是最懂事的，一直让她待在身边。于是我也学着在灯关了以后才做回自己，而白天就假装一切都很好。

新学校里，我们围坐的桌子不像之前学校那样脏兮兮的，而是真正的学校长椅。我想多看书，可是没钱，跟同学借也总被拒绝。被欺负了也是等到上课铃快响了才动手。一次妈妈跟老师反映，有同学叫我“脏犹太小孩”，老师反问道：“他难道不是吗？”从此以后妈妈让我每周都洗一次澡。后来有个老师把一个女孩的耳朵拧掉了，妈妈知道后把我转回一所犹太宗教学校，那里也教波兰语，只离两站路。可每当老师让我干点什么我还是总往后缩，就像狗见了棍子似的。新老师问妈妈，到底该拿我这样一个浑身毛病的孩子怎么办。他说我就像只狐狸，虽然只有八岁，却很狡猾。妈妈把跟老师的谈话告诉了爸爸，他又把我痛打了一顿。那天晚上，妈妈坐到我床边问我原因，一开始我说不上来，后来我告诉她，我觉得大部分人并不理解我，理解我也不会改变什么。

我的两个哥哥都出城找到了工作，他们把羊赶到屠宰场，天黑之后才回家。哥哥们跟爸爸的想法一样，觉得妈妈应该待在家里，所以她悄悄告诉我，她打算接更多洗衣服的活儿。妈妈说，这虽然不是摇钱树，但也能帮上大忙，特别是在逾越节和岁首节[①]之前。她还告诉我，她已经用私存的钱买了香皂、漂白粉和水桶。每次爸爸经过她藏着钱的地方，她都会紧张得头皮一阵发麻。我又问妈妈为什么不自己留着这些钱，她听了很开心，说等我九岁了就让我全天帮她忙。我听了很高兴，因为我知道，一旦有了足够的钱，我就要逃到巴勒斯坦或者非洲去。

---

① 逾越节是犹太教最重要的节日之一，岁首节是指犹太教历的新年。

逾越节前的一周，我们在炉子上架了大锅烧水，把妈妈的客户送来的床褥和衣服放进两个金属镶边的桶里。她先用一块黄色的肥皂把所有东西打上泡沫，冲干净之后再甩干，最后用篮子装起湿衣服送上阁楼，她已经提早在那儿的每一根椽子上都挂了绳子。为了让风吹进来，我们晚上也开着窗，可妈妈就因此没法休息。她悄悄跟我说，有坏人专门跳上屋顶偷衣服。听了这话，我就到阁楼上去睡了，好让她放心。

“看，你其实不只会关心自己。”第二天清晨妈妈叫醒我的时候这样说。她轻轻地吻了吻我的额头，手摸着我的脸。妈妈这样抚摸我的时候，那个总是被别人嫌弃的自己仿佛消失了。尽管如此，我也没让妈妈知道当时我已经醒了。

学校里没人和我一起玩，所以一放学我就回家帮妈妈干活。弟弟睡着的时候，我和妈妈聊了这些天发生的事。前些天在格西街的电车站附近，我遇到了一个骑着马的士兵，他从鞍囊里掏了些硬币给我。妈妈听了问我，那你有没有跟人家说谢谢？当然，我那时忘了。妈妈想法跟我一样，觉得这事有点古怪，她猜那个士兵是想起自己的孩子了。我们还听到邻居吵架的声音穿过堂厅。妈妈告诉我，那家的爸爸整天都在犹太教堂，给自己在另一个世界保住一个位置，而妈妈要想方设法让每个人吃饱。那个妈妈生了十四个孩子，只有六个活了下来。我说他们或许不会再要孩子了。妈妈说，希望上帝能保佑那位母亲，让六只翅膀的小天使带着好消息降临。

我帮妈妈做各种各样的事，可她总让我多照顾弟弟。弟弟什么都怕。妈妈在他床头点上蜡烛，让屋子里不出现黑影。弟弟的房间没有窗，夜里他总觉得有人站在窗户外面，或者有人在敲窗户，每次就只能哭着入睡。妈妈过去安慰他，让他别怕，可他的眼里依然满是恐惧，吓得我都不敢看。爸爸呵斥说别哭了，可这非但没有任何效果，他反而哭得更厉害。他又警告弟弟说，这栋楼里每个人都明白，父母是不会跟孩子妥协的，只要犯了错，就会受到惩罚。眼看爸爸快控制不住自己的脾气了，妈妈赶紧把他推进另一个房间里消消气，让我和弟弟待在一起，想办法让他安静下来。

弟弟是个药罐子，床头摆着各种药片、药水还有呼吸器。妈妈教过我们，弟弟呼吸困难喘不上气的时候该怎样让他的头向前倾。弟弟不喜欢整天闷在家里，一次他离家出走，给我们留了字条，说他再也受不了这样的生活了，之后便消失了两天。后来弟弟一回来妈妈就把他锁进了屋。他只好把椅子拖到床边，看看外面的世界。

虽然我不懂弟弟，可我喜欢他面无表情又安静的样子，而且从来不抱怨。别人把好吃的递给他，他拿着，瞥上一眼，然后又递给我们。除了睡觉和对着窗外发呆，他就是黏着妈妈。生气的时候也不哭不闹，不对人发火，只是静静走开，好几天不说话。妈妈说，这孩子太安静了，智慧都藏在心里。外祖母也是这么说妈妈的。妈妈还告诉邻居，在弟弟还不会走路的时候，有次为了不让她离开，他张开手脚躺在电车轨道上，最后她不得不把他抱回了家。后来妈妈再问起这件事时，弟弟都会用手捂住她的嘴巴。

弟弟爱听广播，也正因为这个，我生平第一次听到了雅努什·科扎克[①]的节目。每周四的下午我都得和弟弟一起坐下来，隔着墙听广播。隔壁邻居的妻子耳朵不好，总把收音机开得很大声。那档节目叫《老医生》，我很喜欢，即使科扎克时常抱怨自己总是独自一人，却同时想着关切他人，特别是孩子们。这档节目吸引我的另一个原因是，它总能让我获得惊喜。有时候科扎克会采访夏令营里面可怜的孤儿，有时他会畅谈他喜欢飞机的原因，或是讲个童话故事。科扎克还会模仿各种奇怪声音。我问妈妈为什么这档节目叫《老医生》，她答道，让一个犹太教育者来塑造波兰孩子们的思想，好多人都不乐意。

也是那一年，我生平第一次在餐馆里吃饭。爸爸当时赚了点小钱，就带我去庆祝，也没告诉我钱是怎么来的。人生第一次，我能挑选自己爱吃的食物了。我一边吃，他一边考我有关扬·亨利克·东布罗夫斯基[②]的知识，看来他真把自己当业余历史学家了。吃甜点的时候，他用自己的牙齿咬碎了核桃壳，逗得我哈哈

① 真名亨利·哥德施密特，医生、作家、记者、社会活动家、波兰军官。科扎克是一位富有创造力的教育家，出版过多部关于教育的书籍。他为争取儿童权利付出了毕生的精力。

② 波兰骑兵大将，爱国者，波兰国歌即是为颂扬他而作。

大笑。那天晚上，我梦见簌簌的风中一只乌鸦停在我的肩上，黑斗篷在我身后随风飘荡。第二天早上爸爸穿衣服时，我用胳膊紧紧搂着他。“这孩子今天怎么了？”他出门之前问妈妈。

我不爱搭理街道里的孩子，他们也用自己的方式回应我。有时他们会朝我丢石子。夏天来了又去，我想学骑车，就跑到一个有自行车的男孩那里，他答应教我。第一次课后我就能自己骑了，可那以后他却不肯再教我。有天晚上我坐在一帮不认识的孩子旁，认识了鲁特克，那帮孩子让我离远点儿，我没照做。鲁特克戴着一顶兔皮带护耳的帽子。有个孩子问他帽子哪儿来的，鲁特克回答是从那孩子妈妈两腿之间找到的，接着那帮人开始对他动起手来。有人把鲁特克推到我身上，我接着用力推了那人一下，结果他倒在地上，脑袋磕到了铺路的石头。其他人开始追我们，鲁特克带我钻进隐藏在矿道旁的地道里，那群人没发现，跑了过去。我问他怎么找到这里的，他说从我出生起他就开始躲躲藏藏了。我们蜷缩在黑暗处，再问他问题他就不作声了，只是像只小狗那样不停地吸鼻子。

其实鲁特克个头比我还小，所有人都错把他妹妹当成了姐姐。他说自己家那个小村庄很可怜，地图上都找不到，全村只有三排农舍，篱笆围着，到处都是泥。他上过一年学，在米拉街一所教《塔木德》的犹太学校里。他说那所学校臭名昭著，毕业生大多一事无成。他爸爸是城里最强壮的搬运工，能拉动套在身上的手推车，跟马相比也毫不逊色。从罗兹[①]运来的装机器的板条箱，体积很大，三个人一起搬都费劲，对他爸爸来说却很轻松。没活干的时候他就坐在酒馆里，平常在雅鲁泽尔斯基[②]家大院旁的火车站干活。那里的环境着实吓了我一跳。烟不断从炉渣堆里冒出来，熏黑了忙碌的码头上方的天空。

妈妈听说我交了新朋友很是高兴，但很快她就不乐意了，因为我总是和鲁特克混在一起，没人照看弟弟。鲁特克教我从蔬菜车上偷东西，我们其中一个故意制造混乱，这样即使那些小商小贩互相帮忙看着，也没人发现另一个人在干什么。他拿着从书报摊上偷来的法语小册子在上面指指点点，结果发现我对女孩子一无所知。是的，我确实一点儿都不了解，根本听不懂他在说什么。他还对几个猥琐的俄国人骂骂咧咧，发现我对政治也一无所知，这也不假。

鲁特克跟我说，谁也不能打搅我们的好日子。我把自己跟约迪一起闯的祸一五一十地告诉了他，包括打碎学校玻璃那件事，可他并不觉得有什么大不了。自从来到华沙，鲁特克全家人已经搬了三次家。有次一个男孩偷了他的帽子，鲁特克就把那男孩家的门弄坏了，被那片的警察关了几天。后来他又用珠宝匠的锤子把一个孩子的脑袋敲破了。虽然那个男孩因此脑袋上缠着绷带，

① 波兰城市。

② 沃伊切赫·雅鲁泽尔斯基（1923 年 7 月 6 日—2014 年 5 月 25 日），前波兰统一工人党中央委员会第一书记。原波兰人民共和国国务委员会主席、战时武装力量总司令。大将军衔。

人人都说他的样子像个酋长，可过后那人并没什么大问题。

我问鲁特克，闯了这么多祸，你爸爸不打你吗？他说自己会偷偷往皮带上抹上大蒜和洋葱，这样挨打的时候就没那么疼了。其实他能幸免的另一个原因是他妹妹有口吃，这更让他爸爸头疼。他爸爸会模仿妹妹说话，故意嘲笑她，希望通过这样的方式治好她。他妹妹倒很喜欢我，因为每次她说话我都静静等着她说完，从不会不耐烦。他妹妹告诉鲁特克，她觉得我人很好，希望能多带我来。我跟她聊天的时候，他就借机从妹妹的秘密存钱罐里偷钱。鲁特克告诉我其实他妹妹都知道，但她从来不说什么。他拿够了钱，我们就去买香肠吃，用剩下的钱坐电车。

有段时间我一直陪着弟弟，他的身体也慢慢好起来，妈妈就让我带他去公园散步，呼吸新鲜空气。每次说要去公园弟弟都很高兴。后院堆着垃圾箱，阳光也透不进来，除了偶尔几只流浪猫光顾，整个院子都废弃了。不管我和弟弟去哪儿鲁特克都找得到我们。他说，千万别觉得有了肺病生活就没有希望，弟弟其实还有很多事可以做。就这样，有天我们终于说动了弟弟，让他偷了一罐果酱，还让他对着一个警察唱了支小曲儿。其他时候，我和鲁特克干我们的，弟弟只是跟着。每次鲁特克看到弟弟一脸茫然的样子，就问他："维尔纽斯①的天气怎么样啊？"这个玩笑我弟

① Vilnius，立陶宛共和国的首都，曾拥有欧洲最大的犹太人社区，二战时遭到纳粹的种族清洗。鲁特克在这里是吓唬安伦的弟弟。

弟怎么也听不懂。

回家的路上我跟弟弟说，无论我们干了什么，都别跟妈妈讲。可妈妈让他一定实话实说，弟弟就什么都招了。那天晚上妈妈连晚饭都没让我吃。弟弟睡着后，妈妈过来坐在我的床脚，我们看着对方。开始我们俩都沉默着，最后她开口了，说我至少要做个堂堂正正的人，然后亲了亲我的脸颊，祝我晚安。黑暗里，我盯着天花板，想着妈妈为我付出了那么多，可我却从没报答过她，甚至连能用来报答她的东西都没有。可接着我又开始盘算明天跟鲁特克去哪玩了。

九岁生日那天，妈妈给我小小庆祝了一番。第二天鲁特克的妹妹问生日怎么过的，鲁特克如实告诉了她。我们吃了葡萄干蛋糕，鲁特克和弟弟也为我庆祝生日。弟弟送了我一本他自己画的画，妈妈给我缝了一个小皮包。

整个冬天弟弟的身体都在不断恢复，直到病情突然恶化，不得已住进了医院。弟弟生病前妈妈也得了肺炎，在床上躺了一个星期。那段时间里，弟弟整天坐在妈妈的床铺一端，静静地看着她。醒来后，她让我去给弟弟穿件毛衣。我问他冷不冷，他说不。慢慢地弟弟也开始咳嗽，妈妈最后只能从床上爬起来，取了条围巾围在他的脖子上。后来妈妈说她觉得身体好多了，弟弟兴奋得不顾大雨，在后院跑来跑去，进屋的时候浑身都湿透了，冻得瑟瑟发抖。

有段时间，妈妈想自己在家照顾弟弟，让我每天下午读书给弟弟听。弟弟总是爱听一本叫《皮毛》的书。一对兄弟，其中一个疾病缠身，需要有人在身边照顾，另一个虽然看起来很健康，最后却死了。我弟弟尤其喜欢这个故事的结尾：疾病缠身的那个在生前看起来很健康的兄弟墓碑前久久伫立，不断诉说着自己对兄弟的思念。

后来弟弟自己染上了肺炎。他被抬到救护车上，穿过街道，送进了医院。

妈妈和我总是尽可能地陪着他，哥哥们跟着爸爸来探望过一次。他们给弟弟带了一大罐糖果，还打开尝了尝。

弟弟不喜欢晚上一个人待在医院，我们准备走他就开始哭闹。妈妈在回家的路上不停地抹眼泪。在医院住了三天，他已经烧得连我们都不认识了。护士拿来在凉水中浸过的敷布，可弟弟身体太烫，敷布很快不凉了。护士们还拿来蘸了牛奶的面包，我们帮着打开他的嘴，喂他吃下去。

弟弟死的那天我对他说，你比同龄孩子都勇敢得多。妈妈之前带他回家，他说真希望能把裁缝店里乌克兰枪骑兵[①]的迷你制服买下来送给我，那一直是我最喜欢的。妈妈去了药店，弟弟问她什么时候回来，他说妈妈一直跟他说，他的身体正在转好，可

---

① 乌克兰枪骑兵是一种轻骑兵，防御力在各种骑兵中比较弱，穿着双排扣的军服，腰系彩色腰带，有些还在胸前佩戴胸甲，他们引人注目的特色是脑袋上高高的波兰式军帽，这种军帽有点像今天的“博士帽”，上部是一块方形板，下部则是桶形。

现在她的语气又多了几分迟疑。弟弟呼吸的时候就好像有人坐在他的胸口，就连说这番话对他来说都很吃力。

从药店回来后，妈妈发现弟弟下了床，穿着睡衣站在椅子上望着窗外。妈妈帮他暖了暖脚，又让他重新回到床上躺下，还说要是他醒来再往外面看，他梦到的一切都会消失得无影无踪。妈妈让我去厨房给弟弟弄些茶，问我这么多活一个人能不能干得过来。我一边往水壶里倒水，一边看着他们。妈妈握着弟弟的手，让他看着自己。妈妈说要给弟弟讲个故事，一个很长很长的故事，所以他得一直醒着。弟弟听了这话，似乎从迷迷糊糊的状态中醒了过来，对着她笑。故事是关于一个可怜的犹太人和苏丹[①]的，当她讲到苏丹的一个决定，正问他“是不是很精彩？”的时候，他就死去了。

妈妈在床上躺了两个星期，我把能干的家务活都干了。爸爸和哥哥们在酒馆吃饭，我自己做。鲁特克不在家。一天日落后，妈妈在黑暗中开始跟我讲话，直到爸爸跟哥哥们回家她才让我把灯打开。哥哥们去睡觉了，爸爸独自坐在厨房的桌子旁，一边喝着伏特加一边默默抹眼泪。

妈妈说她原谅我了。她觉得我们都没有竭尽所能留住弟弟。她记得小时候有位老师对她说：“将来有一天，你会有所作为

① 某些伊斯兰国家统治者的称号。

的。”妈妈说，老师跟她最喜欢的学生说过：“看看正坐在马车上的你们，能沿着这条路走多远。”她送过妈妈一本书，扉页上写着：送给人品好、多才多艺的你。

妈妈说现在没有一点力气干活了，但也许不久会恢复。她说她的感觉就像保险柜里的一枚硬币，从今往后也许只有我才有打开柜子的钥匙。爸爸拿着本来就不算丰厚的积蓄整天挥霍，她不是不知道。由他去吧，她说，看他挥霍光了等着咽气。或许那时她就清静了。

妈妈说她十岁那会儿就要照顾还在襁褓中的小妹妹。妹妹尿湿了会哭闹，饿了也会哭闹，尿布不舒服一样闹。妈妈那时常抱着小妹妹在屋里转来转去，完全不知道小孩子想要什么。外祖母回来把小妹妹从她怀里抱过去，这一天就算熬过去了。大家对她都很满意。

天气暖和起来，妈妈开始做饭，也干些洗洗涮涮的活。她也常出去转悠。我的十岁生日不像上次，没有葡萄干蛋糕。一天早晨我感谢妈妈给我做的早餐，她说自己岁数越大越像个孩子。放学回家后我问她有没有感觉好些，想不想去公园里散散步，她说好多了。妈妈说，有时候她觉得自己的一切都被夺走了，而她想要的，只是拿回一点。

第二天早上爸爸叫我起床。外面开始打仗，德国人开进来了。我不相信，他指着邻居的房子对我说：“靠近点，去听听广播。”

人们已经提前封好窗户，在大街上东奔西跑储备食物。早上老师告诉我们，学校已经被军方控制，房顶上架起了防空炮，签到册我们可以留下，战争结束后再见吧。我们都想去楼顶看高射炮，但有个士兵拦着不让大家上楼。

回到家，爸爸跟哥哥们正在封窗户，哥哥给我看了滤光镜，换到家里的手电筒上正好。

那天下午，我们看到一架飞机尾翼冒着烟，另外两架飞机在后面追着。还有一架飞得很低，一个士兵正端着步枪瞄准射击。街上的人们都吓坏了，尖叫起来，士兵这才停下。

晚上一直有空袭警报，可是一连几周什么都没发生。第二天，鲁特克跟我说其实他特别希望晚上有空袭，这样无论多晚大家都得起床，他家那栋楼里的孩子就会聚在地下室里玩。他说那栋楼上所有孩子都和他想的一样，只有一个孩子例外。那小孩的妈妈疯了，每天晚上警报一响她就跑到街上，打开各家黏好的窗户，惹了不少麻烦。

有几天下午我们去邻居家里听新闻，都不是什么好消息。

轰炸不分白天黑夜地进行着，一天接一天，丝毫没有停下来的意思。我们待在地窖里，人们的哭泣、嚎叫和祈祷淹没在远处的爆炸声中。妈妈靠着墙，用她的胳膊搂着我，每当我想要伸开腿的时候她都问我要去哪。爸爸和哥哥们靠着对面的墙坐着。三天后外面安静了，有人从楼梯上下来对大家喊道，华沙沦陷了。

妈妈让我们别出去，我跟哥哥们还是爬出来到了街上。

空气中还漂浮着灰尘和硝烟。十字路口被炸出了弹坑。角落里的大树炸得七扭八歪，不成样子。家里后院的地上都是碎玻璃渣。沿着格西街有东西还在燃烧。

妈妈领我们回家，家里只剩下几扇破窗户了。她让我们出去找些木板钉在窗户上，我就到了鲁特克家附近。见到后他抱了抱我，咧嘴笑道："瞧，我们又躲过一劫。"我说我是来找木板的，他领着我来到路边一段被炸毁的围栏旁。我往家里带了一大堆木板，爸爸高兴地跟妈妈说，别管这孩子了，他白天想什么时候出门都可以。我们也很缺水，水龙头里什么都流不出来，鲁特克就教我怎样从他们那栋房子里的贮水器里偷水。

可能用到的东西我们都想办法搞到了。有时候也会被人发现后赶走，但这样的事并不常有。很多房子被战火摧毁，出现了大片空地，我们总能在碎石堆里有所发现。有一栋楼整个正面都被炸毁了，从外面能一直看到顶层的每一间屋子，接近顶层有一家人还住在那儿。他们看起来就像商店橱窗里的陈列品。铁床架的一条腿悬在空中，楼里小燕子从炮弹炸出来的墙洞里飞进飞出。

带着水回家的路上，一个秃头男人叫住了我，他穿着脏兮兮的医用绿围裙，带着一个小男孩。那人的眼镜也脏兮兮的，还有发黄的山羊胡子。"原来在那里的鞋店搬到哪去了？"他问我。

"在那边。"我说，用手指了指。

秃头男人望了望被炸毁的墙壁，一面倒在另一面上。"我刚刚在大街上捡到了这个孩子。”他说道。那个孩子看起来正在睡觉。“他没穿鞋，可不能在这些玻璃上走啊。在给他找到鞋之前我得一直背着他。”

这时，我听出了他的声音：“你就是收音机里那个老医生吧！”

“你家有他能穿的鞋子吗？”他问道。但接着有人叫道：“潘医生[①]！潘医生！”他转过头，带着男孩朝那个方向走了。

德国军队开进来的时候，人们鸦雀无声，甚至能听到几英尺远的地方，一只苍蝇在一个女人头顶上嗡嗡地飞。鲁特克说他们家那条街上动静比较大，还有人挥舞带有卐[②]字的小旗子。第二天，集市广场上蔬菜摊不见了，只见德国人从货车上卸木箱子。有人用波兰语跟我说：“给我们拿点喝的。”说完后就跟他的朋友们叉腿坐在木箱上等着。

后面的几天里，德国人搭了一个施粥厂，给大家分发面包。士兵们似乎并不确定到底该让大家在哪里排队，他们很享受把人群赶来赶去的感觉。一个大眼睛的小女孩排了三小时的队，领到粥后却递给了鲁特克，她说自己不饿。女孩离开后鲁特克告诉我，那是他的邻居，女孩的父母和妹妹在轰炸中被埋进了废墟。他说你看到那废墟就明白了，大概要挖到圣诞节，才能把里面的

---

① “潘医生”“老医生”都是人们对科扎克的尊称。

② 纳粹党旗符号。

人挖出来。

当天晚上两个德国人来到我家找家具。他们在我家转了一圈，终于看出来我们家没什么可拿的。接着他们去了有收音机的邻居家，带走了两把椅子和盛汤的海碗。那两个德国人离开后，邻居家的男主人告诉我们，他们用镊子夹住他的鼻子，拉扯着他在屋子里转来转去，只因为他问好的时候显得不够客气。

第二天，波兰警方控制了施粥厂，德国兵离开了。紧接着波兰警方离开了，施粥厂也不见了。

那年冬天，我们又在大雨里像从前那样小偷小摸。石头间的水坑又大又脏，大街上也变得跟沼泽一样。一切都湿滑湿滑的，我们得格外小心。一月份里，犹太人晚上九点以后和早上五点之前不能出门，这项条令也帮不到我们。鲁特克爸爸有时候不得不晚上把箱子就地放下，第二天早上再去搬。箱子大都很沉，没人能偷得走。他还告诉我们，有个搬运工说因为自己长得太丑了，德国人不停地让他放下手头的活给他拍照。

所有的犹太人都得戴上黄臂章。鲁特克却很乐观地说，外面多一层也暖和点儿。

总是有针对犹太人的新规定。有一条说，犹太人要出示身上已经灭过虱子的证明才能乘坐电车，这让妈妈很沮丧。接着就有规定不让我们坐某些电车了。后来又说我们必须申报财产，这同样让妈妈很沮丧，因为这是剥夺我们所有财产的第一步。爸爸提醒她说，德国人已经来过我们家了，并没发现什么值得拿的东西。

而我和鲁特克随心所欲地乘着电车。他教我在长袖外面套上一件短袖，这样袖子就能卷下来盖住臂章。他还告诉我，要是电车司机突然出现，这就意味着德国人在下一站等着，我们得赶紧跳下车。有次我们正好跳到了一个德国警察身上，但他只是揪着我们的衣领，让我们帮一个医生把银器从货车板卸到另一辆等着的车上。医生让我们搬什么都小心点。最后一趟，医生问德国警察他能不能留着母亲的盐瓶，因为那对他有非常重要的情感意义。他给我们看过，是船型的，可德国人不让。

“是谁把这些东西丢得到处都是的？”晚饭的时候，妈妈问到了我带回的抢来的东西。爸爸说道，你一个女人知道些什么，闭嘴多祈祷吧。

妈妈回答：“这孩子能够平平安安的，已经是上帝对我的恩赐了。我希望他能像现在这样一直平平安安。”

“他看起来像是会做危险的事吗？”爸爸反问道。

我看起来的确很老实。鲁特克也觉得这是我身上最让他满意的一点了，可我不觉得。我们经常从储物室和浴室的窗户偷偷溜进别人家，那些窗户很小，让人觉得连只猫都钻不进去。我会暗示鲁特克，告诉他可以开始行动了，接着在巷口等他的口哨。一切就绪我会吹口哨回应他，他把能找的东西都丢给我，我带着东西逃走，再跟他会合。

鲁特克对于工具之类的东西很在行，很多你第一眼看上去没什么用的东西，在他手里都能派上用场。有次他从一辆大货车的后车厢上取下一根又粗又短的电线，用来撬窗栓十分方便。把电线插进去之后，因为它足够坚硬，只要不停地抖窗栓，金属把儿就会从圈里掉下来。

鲁特克认识一个人，愿意跟我们做交易，把偷来的东西换成我们需要的。所以有时候我能给妈妈带些煤，有时候是面粉，有时候是别的什么。有天晚上我带了杏仁回家，但是谁也顾不着关心这个，因为有人正命令一群穿着毛皮大衣的女人用她们的内衣擦地，再把湿内衣穿上，妈妈还有其他人都被迫在旁边看着，心里很不好受。

我把这件事告诉了鲁特克，他说曾经看到一个犹太老人坐在木桶上，任由德国兵剪他的头发，周围聚集了一群人看热闹，哈哈大笑。鲁特克说，虽然他们不过是剪了那个犹太人的头发，但他暗暗在心里告诉自己，决不能像他一样坐在木桶上任人欺辱。所以无论发生什么，他都对自己说，瞧，你还没有落到坐在木桶上任人宰割的地步。

一场痛快的互相倾诉之后，为了庆祝，我们从商店里偷了两套钢笔，藏在衣服里等电车。虽然电车距离我们只有两个街区，但是十分钟过去了它一动没动，好多人都围着它。

到底要不要走路回家，我们有了分歧。我的鞋不合脚，水泡都磨破了，所以我坚持等着坐电车。

一个女孩站在我们旁边，鲁特克问她在看什么。那女孩反问，那你又在看什么。“你帽子倒挺别致啊。”女孩对鲁特克说。

拿着洋葱滚开吧，鲁特克对女孩骂道。你还不如洋葱呢，女孩回了一句。接着她说，我们身上的钢笔是德国凌美牌的，她认出了钢笔盒。

接着我紧了紧衣领，鲁特克也朝我挤了挤眼睛。

女孩建议我们把钢笔卖给维拉努夫宫①的西克尔斯克，见我们不说话，她解释说，除了那里的人，没人会买这么贵的钢笔。

“我们还是走回去吧。”鲁特克跟我说着，站了起来。我还犹豫不定的时候，他已经走出一段距离了。

我又跟那女孩待了一会儿。“你那个戴着兔子帽的朋友不想冒险。”她说。

我问她知不知道电车怎么回事，她说这是个好问题。我把自己的名字告诉了她，她说，我也没问你叫什么啊。接着我又问她的名字，她说是索菲娅。之后她转过身看着我，跟我握了握手。我又问她在哪上学，她说在五三大街上。索菲娅告诉我，她在学校里经常受欺负，因为她是那里唯一的犹太女孩。我说，你看着不像犹太人啊。她头发颜色比较浅，鼻子也小。她说谢谢，不过她的确是犹太人。

---

① 位于华沙南郊，有波兰的“凡尔赛宫”之称，是一座建于十七世纪末的建筑。

索菲娅问我认不认识玛卡·利普兹，我说认识。她又问我是不是刚失去了弟弟，听到我的回答后，她沉默了。

电车迟迟不来。索菲娅告诉我，她有个叫利昂的弟弟，一个叫杰西尔的哥哥，还有个小妹妹索希，只有十个月大。

索菲娅的爸爸是开文具店的，所以她对钢笔非常了解。由于她爸爸店里的纸张质量好，全城的人都会来他这里买东西。他就靠这个养活了家人、他们的祖母、没嫁人的布鲁兹姐妹、伊卡威兹叔叔还有汉卡·纳西斯卡和她的父母。有段时间索菲娅家里非常宽裕，家人把她送到了自费的幼儿园。她爸爸有个妹妹在美国，她曾恳求他移民，但是他不愿意，说自己还得照看店里的生意。

德国人来了以后，他们狠狠地揍了索菲娅的爸爸，把家里翻了个遍找金子。可最后他们只从她妈妈那里捞到了五米裙子布料。即便如此，他们家也要比街上其他人家幸运多了。德国人把那些人都赶出了屋子，还说你们在这软床上睡的时间够长了。一星期之后，一个纳粹军官停在了索菲娅家店门口，店里的东西让他爱不释手，于是便让索菲娅的父亲安排把店里所有的存货都运到军官家里，还给他开了收据。

索菲娅一家之前住在泽拉左纳街上的一栋大房子里，自那以后他们就得搬家了。他们的新家周围非常简陋，有些路都没铺好，十分泥泞，到前面的大门得走木制的人行桥。索菲娅说，看着她妈妈在泥路上走得那么艰难，真让人伤心。她还告诉我，妈妈已经连续三天以泪洗面了，爸爸跟他们保证，一定会搬出去的。她爸爸还说，德国人很喜欢扫把，所以他准备开个扫把厂。

索菲娅说她哥哥曾告诉她，在她出生之前，父母两次去找拉比[1]要离婚，可是外祖母坚持不让，还告诉所有愿意听她讲话的人，她女儿的丈夫是个有教养的男人。

我告诉索菲娅我该走了。“走吧，我不留你。”她说道。

看到我没有起身离开，她说她盘算着也许现在的一切都会因为搬家而发生改变，说不定连她自己的生活也会因此改变，事情也许并没有那么糟糕。虽然上学之前的那几年她都记不太清了，但那可能是她这辈子最开心的日子，她接着说道。我不知道该怎么接话。最后索菲娅站了起来，伸了伸胳膊腿，告诉我她该走了。接着她两只手放在大腿上，弯下腰对我说，要是你把钢笔盒藏在背后的腰带下面，就没那么容易被人发现。

天稍微有了点儿暖意，德国人就开始在我们家周围砌墙了。德国人下令，犹太委员会[2]要把生病的犹太人隔离起来，妈妈刚听到这个消息的时候很高兴，接着她意识到我们可能也要被封锁起来，便和邻居们一起向德国人报告我们这里并没有伤寒病人。但这一切都只是徒劳，她不过在等一个不愿意听她讲话，也不愿

---

① 犹太教教士。

② 犹太委员会（Judenrat）是指二战时期，纳粹德国在纳粹占领下的犹太人居住区里强制设立的行政机构，负责执行纳粹关于犹太人的政策。

意帮助她的军官。

每天，窗外都是独轮车嘎吱嘎吱的声音，还有泥铲的刮擦声和砖头磕磕碰碰的声音。那声音时有时无，有时候一连几天只有几声，有时又突然动静很大，我们也看不到外面到底发生了什么。在鲁特克看来，这正是个好时机。有天在靠近尼斯卡的一个死胡同里，工人们下班后，我们偷偷运走了两袋水泥。

晚上，哥哥们为到底发生了什么争论不休，我心里却还有别的事。只要一有重大消息，我们那个有收音机的邻居就会来敲我们的门。荷兰、比利时还有卢森堡都被德国人入侵了。我问鲁特克比利时是否会投降，他说那不重要，对我们而言，坏事总会发生，要么是这件，要么就是另一件。

没有人拿衣服给妈妈洗，也没人让她帮忙擦地板了。我带回家的东西显得越来越重要。

五月份，天气暖和了，我和鲁特克也在外面待得更晚。有次我们俩遇到了麻烦，我躲进楼道里，悄悄等着，准备离开的时候突然索菲娅拽了拽我的衣袖。她点头示意我们静静地站着，等店主和他的儿子们走过去。他们其中一个手里握着木槌，另外两个带着警棍。鲁特克在街道的另一边，也许早就溜了。店主在拐角处停下了，怒气冲冲。他的儿子们正挨家挨户地找人。

“不如你来我们家吃晚饭吧。”索菲娅小声在我耳边说。我们俩透过通道的毛玻璃向外张望，她的脸颊紧紧贴着我。“我家就住在楼上，你手里的东西就算带来的礼物了。”

索菲娅的父母非常客气，我带来的蜂蜜也让他们很高兴。她母亲告诉小妹妹，这蜂蜜很贵，也不好找。他们还把我介绍给索菲娅的哥哥杰西尔，他是个犹太学校的学生。不过他似乎觉得我跟他妹妹站得太近了，便对我说，要是过于频繁地看一个女人，小心将来到了地狱被钩着眉毛挂起来。索菲娅听了大笑，说她哥哥早上祷告时常说，“让我们的日子增多[①]”，因为听起来很像“廉价鱼”，这就成了他的外号。

索菲娅还向我介绍了她弟弟利昂，他看起来闷闷不乐，话也不多。利昂说话的时候总感觉心不在焉，他提到虽然父母对他期望很高，可自己却不争气，已经留了两级，要是再这样下去就要被退学了。对他而言，拿到毕业证就像让一只蜗牛爬到北极那么艰难。

索菲娅的妈妈做了她所谓的家乡菜，油煎洋葱荞麦布丁，她一勺一勺地喂小妹妹索希，孩子被放在她旁边的高椅上。

吃饭时门铃响了，索菲娅去开门，走出去和那人低声说了几句才回到饭桌上。她爸爸问怎么回事，她说有个叫勒拜的店主在抓贼。

他们问起我的家人，我没什么可说的，就跟他们聊起鲁特克。我说鲁特克很喜欢爬电线杆，在高处看下面的人群。他还喜欢在拥挤的电车里重复讲男女之间那些事。索菲娅哥哥不相信我

① 出自《圣经·旧约》箴言 9:11：“你藉着我，日子必增多，年岁也必加添。”

的话，她爸爸却觉得很有意思。她又问我鲁特克有没有谈过恋爱，我说他曾经暗恋过一个女孩，整整一个月鲁特克都在她家门口等着，手里攥着一封信，里面写满了他对她的爱慕之情。可是每当那女孩出来的时候，鲁特克总会心慌意乱地跑开。

索菲娅的爸爸聊起扫把厂的事，谈到了怎么筹钱。而索菲娅的祖父，老人从小到大没听过一句好话，十岁就每天晚上被送到别人家吃饭。等有了自己的孩子，他宁愿节衣缩食也不愿意努力工作。索菲娅的爸爸说，这点索菲娅倒随了她祖父。索菲娅没什么异议，说她的确通常不怎么喜欢别人。她爸爸说，六岁的时候他曾经气得把她撵出店铺，还有一次她当着大客户的面说他要价太高了。

索希不爱吃布丁，她妈妈不得不用勺子把她嘴边的饭渣抹干净再喂给她。她接着问我，除了我说的那些，这个鲁特克是不是还算得上个好孩子。我说是，可索菲娅不同意。她爸爸笑了起来，而她妈妈脸上露出奇怪的表情。他们虽然从来不看彼此，气氛却还算融洽。

屋子里安静了下来。杰西尔看着我，好像我心里在想别的事情，索菲娅爸爸提醒说已经太晚了，她妈妈又谢谢我带来了蜂蜜。不过吃饭的时候她并没有让大家尝尝。索菲娅把我领到门口，她关门的时候，我一直没看懂她脸上的表情。我呆呆地站在大厅里。下楼时我心里想，交朋友并没有什么错，可是不欢迎我的地方，我不会再去，也不会跟他们争执。

听到德国人在法国打仗，全家人都很高兴，可听说德国人攻占了巴黎，大家又开始沮丧。我一个哥哥说，德国人之所以厉害是因为一种飞机，它一旦降落到战场上就能变成坦克。另一个哥哥又说，他们有一种航空炸弹，这种炸弹环绕在伞兵周围，形成一道屏障，子弹都穿不透。妈妈说有人信这个，有人信那个，可是该发生的总是会发生。爸爸说，他在亲戚工厂里听到的笑话是，成千上万的锤子从美国过来，击碎了我们被拯救的幻想。

隔离墙砌好了，足足有三米高，上面还拉了一米带钩的电线。我继续帮妈妈做家务，每天早上她都出去看看那堵墙。我问她是不是希望突然有一天那堵墙被推倒。两个街区被街道和电车轨道隔开了，人们在圣卡罗教堂附近的卡洛迪纳街上架了一座木桥。再往前，泽拉左纳大街被一道门封住了，所有车都停下来让电车先通过。

街对面的楼里有人感染了伤寒。搬运工们把包裹丢在楼前入口外的路旁，他们不愿意送东西进去。

对于我在外面干的那些事，爸爸妈妈频繁地争执起来。爸爸说这个时候做点事没什么不好，妈妈却说，我这样的小孩子容易被大人带坏。爸爸说面前的汤热得烫嘴也没听你抱怨，妈妈却还在担心我会死在外面，或者把伤寒带回家里。

每天早上，妈妈都要检查我的衣服上有没有虱子，把我的头按进水池里淋上煤油。她用一块煤油浸过的布在我脖子和耳朵后面来回擦，连头皮也不放过，好像虱子是从头发里出来的。妈妈说她曾经以为我们是朋友，是伙伴。我告诉她这点一直没有变。那么她的伙伴去哪儿了？她想知道。你的伙伴是因为他自己的事离开了，我告诉她。

妈妈帮我洗了头，用毛巾擦干，再把书包递给我。后来我心里过意不去，便提出明天可以一起干活，可妈妈却说，她已经学会不再对任何事产生感情。她问我想不想弟弟，她说如果不是她只关心自己，也很难捡回这条命。我再次说道，明天我们可以待在一起。她说那之后我们可以去迦南之地[1]，那里的人们都一边吃着无花果、蜂蜜和鱼，一边喝面汤。

犹太聚居区的门口贴着告示，提醒人们里面有传染病。爸爸妈妈不再去找墙外的邻居了，让我也别去。我跟他们说不，我想做什么就做什么，想去哪就去哪。妈妈接着劝我，对面那条街上死了七个人，其中有莱德曼太太和格罗布斯双胞胎兄弟。她还在想，我们会不会和所有生病的人就这样一直被关在墙里，直到这里所有的人都死了。哥哥说，他听说停战之后所有的犹太人都会被送到马达加斯加，妈妈接着问把我们送去那里干什么。“我们先去，然后就知道为什么了。”爸爸对她说。

一个星期后，妈妈从卖给她肥皂的女人那里打听到，乌亚兹多夫大道对面以及维斯瓦河周围的犹太人都会被赶出去。爸爸问

---

① 迦南之地（Promised Land），即应许之地，上帝许给了亚伯拉罕及其后裔继承。

我们凭什么相信她，妈妈提醒他说，这个女人是捷尼亚科夫[①]的小姨子。两天之后父亲从报纸上向我们宣读这个消息，好像我们第一次听说似的。德国人占领区的犹太人要马上搬出去，在波兰地界的犹太人可以暂时不搬，而所有刚到市区的犹太人会被直接送去围墙隔离起来的犹太区。

哥哥想知道这些德国人到底想把人都赶到哪里去。

“我想，他们大概觉得这是我们自己的问题，不关他们的事吧。”爸爸说。

第二天鲁特克跟我说，有人告诉他爸爸还有其余搬运工，我们这边的房子很快就不能出租给雅利安人了。基督徒家庭正在协商，要把房子租给从华沙其他地区搬来的犹太人。“那又怎么样？”我问道。鲁特克说：“你真是不开窍，他们搬家的时候那么多货车马车跑来跑去，我们又能在外面好好捞一笔了！”他说得没错。

报纸上不断有新的公告，爸爸每次都读给家人听。每次读报之前他都向大家宣布：“标题上说局势越来越糟糕了……”每一则公告都会宣布又有新的街道要清除犹太人。还有报纸版面上刊登着广告，说墙里面的雅利安人的房子要卖了换墙外边犹太人的房子。最后十月份的时候，德国人下令，只给犹太人两周的时间搬到划给他们的地界去，那块地跟之前相比又少了六条街，这也就

① 华沙犹太人起义领袖。

意味着，原来换到这六条街的人还得再换一次。德国人说这是为了保护士兵的健康和广大市民的健康，是必要的。

最后的结果就像是从最糟最乱的集市上撤退，无论哪条街上都是人山人海，耳边充斥着喧闹和叫喊。我和鲁特克大部分时间都待在莱什诺街口，犹太人拉着满载的货车往里面挤，波兰人也拉着装满东西的货车往外赶。人群中还时不时听到有人在争论，谁可以先往前走而谁又得等会儿，这一等可能就意味着要几个小时之后才能走出去。混乱中总免不了磕磕碰碰，有的桌子、椅子、炉子还有平底锅都掉到了地上。有一家人连一半东西都还没整理好，另一半就已经叫人顺走了。我跟鲁特克挤到货车跟前，衣服都被挤了上去，能顺走多少就顺走多少。偶尔也有坐在车后面的小孩或老人看到我们在偷东西，向前面拉车的人喊起来，可是现场这么挤，那些父亲或大点儿的孩子也不能及时逮到我们。我抢到了一座钟，鲁特克得到了一块东方式地毯。德国和波兰警察不会去管波兰人手推车里的东西，可只要是犹太人的，他们想拿什么就拿什么。有个犹太人抱怨了一句，他的手推车就被人踢翻了。

在稍微窄点儿的街上，有些人推着车子，却还没找到住的地方，于是便挨家挨户地敲窗户，询问有没有空余的房子。趁着混乱人们急需运东西，那些货车主便开始漫天要价，所有人都可以靠着帮别人运东西趁机捞一笔。于是，鲁特克的爸爸和另外一些人就霸占着他们家前面的人行道来赚钱。正搬进来的人刚卸下羽绒铺盖和洗衣筐，搬运工们就把它们隔着围栏扔进自家的院子里，那些正搬家的人们只有花钱才能把自己的东西要回来。每条街上都有迷路的孩子在哭喊，到处寻找自己的爸爸妈妈。我和鲁特克把所有抢来的东西都藏在他们家地下室里，他爸爸弄来的东西也都藏在那儿。

两周时间快到了。就在德国人限定时间结束的前一天，我跟鲁特克走散了。在尽力靠近一辆小推车的时候，有人把我推到了地上。我爬到一栋楼房的入口，希望能喘口气。刚刚在地上爬的时候有个小孩扯我的书包，我踢了他一脚把他撵走了。重新站起来的时候我险些摔倒，差点碰到一个纳粹军官。一个波兰警察的文件从皮包里掉了出来，那个纳粹军官和另外三个军官站在一边看着。波兰警察大喊让大家都绕着他走，可每次一弯腰，他的皮包带就从肩上滑了下来，结果更多文件从里面掉了出来。纳粹军官和他的三个手下看着这一切乐得哈哈大笑。连我都看得出来，那三个人非常怕他。纳粹军官帽子下的发际线很高，有点秃顶，留着胡子，样子看起来凶巴巴的。

刚刚摔倒时磕到了膝盖，现在还疼着，我用两手捂着膝盖。那个军官学着我的动作，他的手下笑了。后来他又斜眼瞄了我一眼，嘴里好像说了些可笑的话，之后便挺直了身子，向手下示意，他们便离开了。其中一个回头望了望，向我眨了眨眼，然后消失在人群中。

到了限定时间的最后一天，我和鲁特克看到了一辆货车，上面堆满了各种各样稀奇古怪的“战利品”：镀金的鸟笼，还有一套放在敞开式陈列盒里面的小刀，上面有旭日形的图案。我们一直跟着那辆车，直到人群挤得我们跟不上了才放弃。鲁特克急得爬上了街杆，想看看有没有别的机会，我就在下面倚着路灯站着。接着我们听到喇叭声和一阵平底锅碰撞的声音，之后对面院子的大门就打开了。只见两位年迈的守门人不知道怎么把路旁的人群撵开，院子大门前腾出了一块空地，一群小孩吹着喇叭，手里拿着平底锅和木勺，排成一列走上了大街。中间的那个孩子握着一根棍子，上面挂着鲜绿色的旗，腰带上还画着一颗犹太星。之后更多孩子一列一列地从黑压压的人群中走了出来。他们虽然高低胖瘦不一，可是胸前都抱着玩具和书本，嘴里唱着歌。

“怎么回事？”鲁特克问道。我们听不清他们在唱些什么，但是不停有小孩出来，至少二十列，后面跟着很多货车，上面装着绳子系着的柳条筐，堆得高高的，还有铁锅、粘着面粉的案板、系着绳子的行李箱、装着书的板条箱、长柄勺和滤水管。一辆车堆满了煤块，另一辆车上堆满了土豆。这些货车一上街，大人小孩便为掉在地上的煤块和土豆推搡起来。那些货车侧边的窗槛花箱上摆着红色的天竺葵，下方还有丝带作装饰。货车司机们带着自制的鸟状面具，上面还插着羽毛。我们又往近处挤了挤，听到有人说这是科扎克的孤儿院被迫要搬走了。科扎克最后一个从院子里走出来，还是那个光秃秃的脑袋，还是发黄的山羊胡子。他出来之后身后的门一下子关上了。科扎克用胳膊拖着一个胖胖的女人，努力想跟上最后一辆货车。那个女人和科扎克差不多高，她看上去似乎被拥挤的人群吓到了。

科扎克两人被挤到了我们这条小道上，我们跟在他们身后走了一会儿。我在想他会不会认出我来，然而并没有。他和那个胖女人得喊着说话才能让对方听到。那女人问科扎克觉得自己不睡觉能走多远。他喊着回答，小时候有次母亲在下午三点左右走进他屋子拽着脚把他拖下了床。“她问我，你就想通过这样的方式成为医生吗？”科扎克喊道。“整晚不回家还想当医生？我问母亲，‘当医生’？我还以为我学习是为了当‘酒鬼’呢。”

我和鲁特克跟着他们来到了卡洛迪纳的聚居区门口，德国和波兰警察正在那里检查证件。所有载着孤儿的车都顺利通过了检查，只有那辆装着土豆的车没有，在警卫站旁边停了下来。司机双手叉在腰上，看着两个波兰警察解下马的套具。司机把自己的鸟状面具摘了下来，挂在下巴底下，一只羽毛在他耳朵旁摆动。

“怎么了？”科扎克问我们面前的波兰警察，“为什么不让我的货车通过？”

“这不是你的车，”一个德国警察告诉他，“这是我的了。”

科扎克和德国警察开始用德语争论起来。胖女人被吓到了，拽着科扎克想把他拉过去，可是他甩开了她的胳膊。科扎克对德国警察喊着什么，接着又对波兰警察重复了一遍：如果那个德国人不把土豆还给他，他就向他们的上级报告他抢劫。德国人刚刚一脸厌烦的表情消失了，他用波兰语说道：“就你还想吓唬我，犹太佬？”鲁特克从后面狠狠地扯了扯我的衣服，快要撕烂了。

“你们和他是一起的？”一个波兰警察走到我们面前问道。他拿着一根警棍指着科扎克。“那个人喝多了吗？”

“我不认识他。”我对那个波兰警察说。这时鲁特克又拽了拽我。一个女人用草筐拎着只鸡往前挤，差点把警察挤倒。那警察用棍子打了她两下，接着鲁特克朝着我大喊道：“你觉得这是在干吗？看戏吗？”他猛地一拉，我差点跪到地上，后来鲁特克把我拉起来，拖回到大街上。

## 2

一家家人在大堂里蹲着，有的为了争过道而打起来。我们家靠近顶层的楼梯井被人占了，他们在栏杆上晾衣服、晒被褥。没听说我们这片会被封锁起来，但又不允许我们在墙外边做交易。食品店门前排着长长的队，东西都卖光了。我们家没准备够吃的，也没存什么钱。有两家人搬到大堂对面和我们的邻居一起住了，妈妈说过不了多久也会有人搬进我们家。妈妈抱怨的时候，爸爸提醒她，之前这栋楼的基督徒主人在这里住了三十七年，可最后搬走的时候，几乎所有家具都被迫留下。爸爸喜欢看报纸上列出来的德军死亡人数，这让他很振奋。他把这叫作自己的“欢乐角”。爸爸还额外花了十格罗兹[①]买了一份德语报纸，上面有被盟军轰炸之后的德国城市照片。

我们听说，有些富裕的犹太人被吸引到卡洛迪纳街对面的街区居住，那里没这么拥挤。邻居告诉我们他们在大堂对面，九个人住一个屋。楼梯井上的那家人收留了一些亲戚，他们在房子外面的街上卖旧衣服和糖精。有时候深夜还能听到他们一家人尖叫

① 波兰货币单位，辅币名。

和吵架的声音，每天早上我们下楼的时候都得小心翼翼地跨过他们的身子。

我的父母也时常吵架。妈妈抱怨我们就像被抛弃了一样，住的地方也脏兮兮的。爸爸说，连买吃的的钱都没有，哪里来的钱去买肥皂让你洗洗涮涮。妈妈又说，要是我们都染上病了就不需要花钱买肥皂了。爸爸回道，要是我们真得病就不用听你唠叨了。哥哥对他们说，你们都是老夫老妻，怎么还能这样吵呢？

有时候一场激烈的争吵之后，妈妈会睡到我的身边掉眼泪。我把手轻轻放在她的头上，告诉自己，他们做什么都与我无关，我想去哪里就去哪里，想做什么就做什么。

可是虱子弄得我睡不好觉。我的毛衣上虱子太多了，多得我们都能看见它们在上面爬，妈妈不得不把毛衣煮了煮。但是虱子的幼虫却没有被开水烫死，妈妈只能用熨斗消灭它们了。幼虫的身体被熨斗烫化，在毛衣上留下灰色的油渍。不过这只是权宜之计，用不了多久，所有消过毒的地方就又被虱子占领了。尤其是腰带周围，痒得我一直挠，看起来就像在不停提裤子一样。半夜痒得我醒来挠。早上起来我使劲儿用手抓头皮，再把抠出来的东西丢在火炉盖子上，看着它们滋滋响。

上了电车我依然挠个不停。一个波兰警察让我把外套给他，可衣服实在太小了，他也穿不上。我还让他看了衣服手肘的地方，那里已经磨破了。他看了看说："反正把衣服给我就对了。"我说可以，又告诉他我刚从医院出来，感染了伤寒。接着我又用手捋了捋头发，把从头发里抠出来的虱子抹在衣袖上，向他靠近。结果波兰警察挪到电车后边，在下一站下了车。

爸爸从纺织厂回来了，说有好消息要告诉我们。他的表兄把工厂一部分变成了宿舍，出租给付得起钱的逃难者。这样一来，有些工人就被解雇了，但幸运的是爸爸留了下来。之前他们俩关系一直不太好，爸爸很担心自己会被赶走。为了庆祝，爸爸买了面包、洋葱和橘子酱回来。柠檬酱自从定量配给的措施实施以来我们就没见过了，可等我到家的时候，哥哥们已经都吃光了。妈妈用牛肠和调味品做了一些香肠，我们配着把剩下的面包和洋葱吃了。爸爸当晚也没有读报纸。一辆德国卡车带着扩音器从外面驶过，从扩音器里传出来的唯一一条波兰语信息是：以后不能再用"ghetto"来形容犹太人住的地方了，而要用"quarter"①。"你觉得在犹太区(quarter)住着感觉怎么样啊？"爸爸问妈妈。"我觉得很憋屈。"妈妈回答说。

鲁特克在犹太聚居区被封锁起来之前就想出了一个办法，能让我们逃出去。一天早晨，外面下着瓢泼大雨，所有人都待在家里，鲁特克把逃出去的方法告诉了我。在靠近皮兹扎德街的一条巷子里，有家房子的主人搭了一个鸡棚，墙边还用木桩和细铁丝

---

① "ghetto"与"quarter"的区别在于，"ghetto"指的是少数族裔的聚居区，特别是受到了社会、法律或经济压力而形成的。而"quarter"为中性，没有什么特别的感情色彩。

网围起来，这样就不会有人偷他们家的垃圾箱了。从鸡舍里边到垃圾箱后边，鲁特克凿出了一条通道，入口是一个下水道。那味道简直让人闻不下去。第一次看到那条通道的时候，我想自己无论如何也穿不过去。我得一边弯着腰蜷着腿，一边压低肩膀才能通过。我问他怎么不把通道凿得大一点，鲁特克说，那得费好多工夫呢。通道越小越好，藏起来越不容易被发现。他还想，这样的话只有我们两个人能藏得进去。鸡棚有个顶，所以我们待在里面的时候没人能发现我们。鲁特克还在漏缝的地方用钉子钉上锡片，这样即使有人在鸡棚里面也看不到我们。我问他这些都是什么时候完成的，他说宵禁以后。我不禁感叹，这一切真的太棒了，他说的确，他也觉得很棒。我又问他是不是自己一个人完成这所有工程的，他说是，所以我们以后顺来的东西应该七三分。

接下来几周我们就执行了计划。鲁特克跟卢卡街上的一帮波兰男孩做交易，每次运东西的时候只要给他们分五个兹罗提[①]，他们就帮我们把敲诈的人赶走。鲁特克爸爸的朋友们把他们想卖的东西带来，床单、银器、工具还有厨具，只要是能够从地下通道带出去的东西我们都运，然后换回面粉、土豆、牛奶、黄油、洋葱和肉。鲁特克一趟就能带回来二十公斤的土豆和洋葱。有时我们发现墙的另一边有小孩在讨价还价，不停地往袋子里装东西。个头小一点的孩子跳上墙，像小松鼠一样等着。警察出现的

① 波兰的官方货币，目前通行的 1 兹罗提相当于 100 格罗兹。

时候所有人一溜烟儿都钻回自家了。

还有一些孩子帮知道了地下通道的存在，开始用起来。我们尝试阻止他们的时候挨了打。我们带着铁管回来，他们也叫来更多的人，而且个头都比我们高。那帮大孩子霸占着地下通道在里面走来走去，动静很大，有个孩子被犹太警察抓住了，交给了德国人，那德国人直接朝他脑袋上开了一枪。后来我们看到了那个男孩，他还在街上，脸开了花儿，躺在下水道口。我不想去看，鲁特克却叉开腿跨在他身子上，两手叉在后腰，看起来好像是鲁特克杀了他似的。我们的洞口被水泥封起来了，鲁特克脸上写满了遗憾。“整整三个星期啊，每天晚上我都在挖。”

开始的时候我们俩挺沮丧，后来鲁特克告诉我，其实我们不用挖地道那么麻烦。他爸爸一个朋友现在是犹太警察，在莱什诺街口执勤。我们盯着他看了一两天。波兰、德国还有犹太警察都有各自的哨岗。德国人和波兰人的在一边，犹太人的在另一边。犹太警察的臂章是黄色的，所以我们叫他们“黄警”，波兰警察和德国警察的制服分别是蓝色和绿色的，所以我们叫他们“蓝警”和“绿警”。鲁特克告诉我，黄警管着犹太人，蓝警管着黄警，绿警管着蓝警，盖世太保[①]又管着绿警。那盖世太保又在哪呢？我想知道。鲁特克发出“啊哈”的一声，好像我的话挺逗的。他们之间会互相帮忙给士兵翻译指令，有时是通过几个街口

① 德国纳粹秘密警察。

传达过来的工作细节。一次换岗的间隙，蓝警绿警和鲁特克爸爸的朋友就会进行一笔交易。“其实这不过是各取所需罢了。”鲁特克说道。每包东西黄警抽五兹罗提，蓝警抽十兹罗提，绿警抽二十兹罗提。车多的时候，警卫们得去拦下来检查，这正是通过的好时机。我们俩站的地方视线很好，能看到门口发生的一切，可我们必须学会长时间的等待。一切都打点妥当的时候，那个朋友会示意蓝警进去，这样我们就可以走了。

鲁特克爸爸还教了他一种应对敲诈的方法：一旦有人在墙外边把我们俩围住，我们就把蓝警叫来，告诉他们有人抢劫，让他们把我们带去警察局，把东西搜出来。这就相当于暗示蓝警把我们都抓起来，那些敲诈勒索的就会溜了。到了警察局，我们把蓝警的分成拿给他们，等没人的时候就可以离开了。

一个星期之后，我们正等着通过，索菲娅和另外一个深色卷发的女孩走了过去，手里提着两篮东西。她们把篮子放在了地上，有说有笑，卷发的女孩像刚摘下帽子那样甩了甩自己的头发。她们扯下臂章，又提起篮子，径直经过三个哨岗，走出了犹太人街区。她们俩经过的时候绿警甚至还跟她们打了招呼。索菲娅跟绿警招了招手，还说了些什么回应他，绿警对此很高兴。

第二天我跟鲁特克去了索菲娅家，问她和她的朋友愿不愿意和我们一起干。“加入你们做什么？”索菲娅问道。刚刚跟她讲我们经历的时候，她似乎不怎么感兴趣。

那个卷发女孩叫阿迪娜。她来自巴拉诺维奇[①]，说话像唱歌，很容易听出来她来自东边。阿迪娜说自己比我们大一岁。她脸色有些苍白，瘦瘦的，一双黑黑的眼睛透着一股哀伤。阿迪娜话也不多，我们一问话她就生气。她说，有一天她因为去送针线活回家晚了，德国人竟然把她的堂兄妹们都带出了镇子，强迫他们往火坑里跳，谁不愿意就会被开枪打死。有个表亲逃进树林里，捡回一条命，把这些告诉了她。后来她整个家族和其他家庭一起被德国人赶到西边，经过了三个村子，凡是跟不上的都像鸭子一样被开枪打死。最后他们被装上卡车，带到了华沙。阿迪娜说她把自己最好的衣服带来了，可是她妈妈只带来了陶瓷罐，里面装着三瓶食用油。

鲁特克不停地问跳火坑那一部分，阿迪娜很不耐烦，最后不得不说："再问我就把你丢进火坑里！"

既然她们不乐意谈火坑，我就问了问关于食用油的事。"你在看什么呢？"阿迪娜问我，还做了个鬼脸。"他估计有心上人啦。"鲁特克对她说。"他只是在担心我而已。"阿迪娜答道。"你妈妈为什么要存食用油呢？"我又问了她一遍。

阿迪娜说，她父母过去开了一家店卖油，油都是她爸爸自己做的，他很以此为傲。战争开始前她的爸爸去世了，德国人来之前油店的生意就每况愈下。到现在，她妈妈心里都在为这个难

---

① 白俄罗斯西南部城市。

受，无论什么时候有人向她借钱或者请她帮忙，她都会说：“行啊，能从别人那儿捞点油水当然好了。”鲁特克说，可以把这话当作我们小团队的口号，索菲娅又对他说，谁说要跟你一伙儿了。

“我们也得干点什么。”阿迪娜对索菲娅说。在家乡的时候，阿迪娜总有点事情做，可在这里，她到街上转了一圈没多久就回来了，现在街上哪有活让她干呢?

鲁特克又问她们俩是怎么直接通过大门的，阿迪娜说自己一直都很擅长这种事。她一家人刚来到华沙穿过难民中心的时候，她告诉妈妈，自己会把钱藏起来，而且保证有人搜查他们的时候自己一定会第一个过去。一个德国妇女在阿迪娜的头发里摸了很久，好像阿迪娜把自己的财宝都藏在里面似的。德国女人最后在阿迪娜裙子口袋里搜出了一包被绳子绑着的东西，她解开绳子大声问道：“这是什么？珠宝吗？”然后把它们倒在桌子上，结果发现里面不过是些糖果。另外一个德国女人哈哈大笑起来，之前搜身的那个女人扇了阿迪娜一巴掌，把她扔出了房间，没发现阿迪娜带在身上的金币。

我们几个人一起干了一个星期。之后他们要通过大门哨岗回来的时候，有个波兰女人抓住阿迪娜大喊道：“看啊，这儿有偷运东西的！”鲁特克也抓住那个女人说她偷运东西。最后他爸爸的朋友不得不把他们三个人都带到蓝绿警察那里把事情解释清楚。我和索菲娅走出了一个街区的距离才敢回头看。我们私底下达成一致的原则是，如果有人被抓住了，其他人先跑。我们在一个街区外还能听到那女人大喊大叫的声音。索菲娅说鲁特克把自己身上的东西都塞进她的包里了。

“我们估计得等他们一会了。”索菲娅说道，我也应声赞同。我们俩无处可去。索菲娅很担心即使他们放了阿迪娜也会把她打一顿，她觉得本来是自己应该被抓住的。索菲娅之前被逮住的时候，蓝警因为她的长相揍了她一顿，而不是因为她是犹太人。

“老人们怎么都变成这样了？”索菲娅一脸疑惑，我也只能说自己也不清楚。

索菲娅又告诉我，华沙沦陷后，有人曾告诉妈妈，她爸爸以前的父亲想来看望她。索菲娅从来没见过自己这个“祖父”，只听说他是位拉比教义学者，她自己也不懂拉比教义学者是干吗的。

我等她继续说下去。我很喜欢我们这样聊天。

索菲娅继续说道，父母告诉他，她这个祖父很有钱，她也不知道为什么父母一听说祖父要来这么激动，可能是因为他们觉得祖父可以帮助他们全家移民吧。自己之所以从来没见过祖父，是因为自从索菲娅的爸爸娶了非东正教徒的妈妈，祖父[①]就告诉爸爸，对他来说儿子已经死了，埋在地下，也哀悼过了。

“他是个什么样的人呢？”我问。

“爸爸跟我说他会给上帝写信，”索菲娅回答，“听起来挺有意

---

① 这里出现的“祖父”，英语原文均为“father’s father”。“father”也有神父的含义。

思的，我倒很好奇他是怎么把信寄给上帝的。”

“他到底是个什么样的人呢？”我问。

“妈妈只跟我说，祖父能从地底下挖出金子来。”索菲娅说。这时从卡洛迪纳街转弯处传来货车刹车的声音。索菲娅把手指轻轻放在嘴唇上。我真希望她现在不是在这里，而是待在一个安静又没有危险的地方。“后来爸爸妈妈就准备把我送去见祖父了。妈妈又激动又紧张，爸爸对妈妈很生气，说她搅得每个人都心神不宁的。我还记得他们连我应该穿什么都犹豫了半天。后来他们把我送到了一间又大又黑的屋子里，让我进去。一位老太太为我开了门，之后就不见了。我上了楼梯，不知道自己正往哪走，只能摸黑用脚探路。不过我能看到顶层有光，那里有个长长的黑屋子，纵向很深，天花板形成某种角度。屋子的尽头，一位长胡子的老人坐在那里，他面前的桌子上堆着一摞书。有些书已经堆到天花板了，天窗的窗檐上也堆着书。蜘蛛网到处都是，连台灯上都有，我停下来等着他说话。最后还是我先开口跟他打了声招呼，虽然我知道他听不见。祖父抬起头示意我走近些。我低着向他走近，尽量躲开蜘蛛网。半路的时候他举起手，我就停了下来，他看了我一会儿。房间里的钟表滴答滴答地响。我又跟他打了声招呼，向前走了一步，祖父又抬起手。于是我便告诉他我就是索菲娅，他的孙女。他脸上还是那副表情，招了招手让我离开。我就退了一步，想看看他是不是真的让我走。祖父他又接着读书了。”

“所以他根本没跟你说话？”我问道。

蓝警绿警都不耐烦了，便动手朝阿迪娜和鲁特克的脑袋打去。阿迪娜用手护着头，有个警察就专打阿迪娜的手。过一会儿那个警察停了下来，所有人都回到了自己的岗哨。

“我真不该和你待在一起，你也太不讲卫生了。”索菲娅对我说。我把手放在脖子后面，好像这样真能遮住虱子不让别人看见。

鲁特克和阿迪娜消失在泽拉左纳街上，老妇人待在那里自言自语了几分钟后也离开了。见她一走，索菲娅马上站了起来，掸了掸裙子上的灰尘。

“战争刚开始的时候，在食物的问题上我总是比较机灵，总能搞到东西挨过去。可爸爸和哥哥只会乖乖站着，排队领食物，最后什么都领不到，”索菲娅说道，“妈妈觉得我之所以能挺过来，是因为身上有一股恶意。”索菲娅拍了拍自己的胸脯。“妈妈说得对。我能在这感觉到。”

各处的伤寒疫情都越来越严重了，索菲娅她们家的那栋楼里也有不少人染了病。她随身带着一罐石蜡油往身上擦，以免染上虱子。她也不让我离她太近。鲁特克也不行。当鲁特克听到索菲娅不想让自己靠近她时，他回了一句：“你以为我愿意靠近你吗？”我们几个在格西街上看人们卖东西，面前有个女人在卖小孩的内衣和外套里衬。她注意到我们在看她，就举起手里的东西，那样子好像她自己捧的是一罐金子。她告诉我们，自己一定是疯了才把这些东西像白送一样地卖了。旁边的乞丐静静看着，用赤裸的双脚举着杯子。本来有人要来和我们接头，但他迟到了，害得我们在那里等。

“也许他也染上伤寒了吧。”索菲娅说道。鲁特克听了，说伤寒现在是另一个让他听了就想吐的话题。索菲娅又问他，那我们是不是都应该像你一样整天只关心别的，不关心吃的？鲁特克只好无奈地说他也搞不清楚到底谁更无聊。有钱人整天操心的是什么时候自己能打上预防针，穷人担心的是自己什么时候会染上病。

妈妈问我，你的朋友身体都干不干净，不会把病传染给你吧？我回答说，我身上的虱子比他们都多。听了这话妈妈把我又拽到水池跟前，用煤油把我的头、脖子还有胸膛又洗了一遍。正准备出门上班的哥哥们按着我，让妈妈继续帮我洗。

“听上去你应该没事。”洗好之后他们放开了我，妈妈听了听我的呼吸声后，说了这么一句。她让我别靠近那些隔离起来的街区。

索菲娅说，她家那片的保洁员告诉爸爸，卡洛奇马拉纳是犹太聚居区里主要的伤寒病传播点，德国人说他们有可能会把那里烧了。

“我认识的人里没有住在那条街上的，这倒不错。”我说。

阿迪娜说卡洛奇马拉纳已经被人用围栏隔离起来了，那里的人被装上卡车，送到思伯克纳的公共浴室。看得出来阿迪娜也挺为索菲娅难受的，因为只要索菲娅发现有虱子，她就表现得像到了世界末日。

“把他们送到公共浴室去有用吗？”索菲娅问。

阿迪娜说她问过别人这个问题，但那人没回答她，只是说小孩子和鱼最好别发表意见。

鲁特克说：“公共浴室里要么你沾上虱子，要么你遇到一列列等着洗澡来消灭虱子的人。他们用的硫磺一点用也没有。”

“看你满脸胡子刮的，一点也不像个犹太人，”卖衣服老妇人旁边的乞丐瞥了鲁特克一眼，“你两鬓的卷毛呢？你们家没人带了？难道不时兴了？”

“你又是谁？华沙拉比吗？快闭上你的臭嘴吧。”鲁特克对乞丐吼道。

我们等的人那天一直没有露面。我们又拓展了一项新业务，叫“追电车”。我们跟护送十号列车的蓝警达成了一笔交易。索菲娅先去接触那个蓝警。本来雅利安人的电车是不允许在犹太区停靠的，但是十号列车到了这儿必须减速，才能转弯到扎门浩法街上。阿迪娜一直在那看着，一切就绪她就拿帽子向我们示意，接着我就跟鲁特克跑出来去捡那些从电车上扔出来的东西。

有天我们被绿警发现了，他们没有追我，而是朝鲁特克跑去。我藏在一家商店里，那里卖火柴、香烟还有小盒自制药。后来店主发现了我，觉得我像正准备偷东西便把我赶了出来。有个黄警站在他的自行车旁，旁边还有个年轻女人，他们俩一起朝我走了过来。那人戴着黄警帽和臂章，穿着自己的夹克和裤子。他个子比我矮，耳朵倒挺大。他抓住我的衣袖问我麻袋里都装了些什么，我跟他说我必须得走了。他笑了笑，伸出一根手指，在那个年轻女人面前卖弄了下。那个女人个子也不高，不过比起那黄警来还是高了一些。

“你不认识我了？”黄警说道。忽然我认出他是我爸爸表兄工厂的一个工头，就是把我送去磨布的那个人。他叫里杰金。

“你的靴子不错。”我对他说。

“她也喜欢。”黄警说，那女人脸红了。“人们常说，没穿靴子的警察顶多只能算半个警察。”

我又跟他说了一遍我该走了，他说不行，要么我坐在车前面跟他走，要么跟着他一起去下个街区，他要告诉德国人他抓到了一个走私的。

跟着你去哪？我问。黄警说他会把我带回家。我问他为什么这样做，他说他喜欢帮助别人。“我们这些矮个子的应该团结起来。”里杰金说。他把我装着洋葱的袋子固定在自行车后座上，向那女人脱帽告别。然后里杰金把车把手扶正，好让我坐上去。我想对他说他用不着这么大的车，可又害怕他听了一生气把我交给德国人。

“再见啦。”里杰金对那个女人说。她笑了笑，答道：“再见。”后来里杰金就载着我蹬车走了。

我太瘦了，车子走在鹅卵石铺成的路上，自行车横梁硌得我屁股疼。我也不知道我的朋友们有没有看到发生了什么。

里杰金问我认不认识其他犹太区警察，我说没有。他又问我认识的年轻人中有没有很多想加入他们的，我说没有。里杰金继续蹬了一会儿车，说其实他也觉得很奇怪，堂兄随随便便把他的名字写在了名单上，自己就稀里糊涂地成了警察。接着有人把帽子、黄臂章和规定手册通通塞到他手里，里杰金就这样上岗了。

“当然一些必要的训练也少不了。”见我没应声，他又加了一句。

“你得帮我找个脱靴器。”里杰金说。这时他已经带着我穿过好几个街区了，在我家门前让我下了车。“我需要一个能用的。”

“我怎么知道去哪里找脱靴器呢？”我问。

“你说呢？”里杰金回答，“到处找找吧。代我向你父亲问好。”接着他刮了下我的鼻子，骑车离开了。

听说我们的房子不管怎样都要被征用，爸爸嚷嚷着说他已经去找那些能付点钱的寄宿者了，这样的话，就算我们这些犹太人一周能吃上一次鲱鱼也是好的。妈妈说，除非爸爸找到的人通过了灭菌区，并且有已经接受过消毒的证明，否则她不会同意他们搬进来。妈妈以为这件事会这样不了了之，因为很多人在检疫站外没日没夜地等，可是第二天就有一家四口人出现在我们家门口，把消毒证明一个一个递给我们看，带着他们的家当搬进了我们的公寓。他们每个人都穿了好几层衣服，一方面是为了防寒，另一方面也方便带别的东西。这一家四口看起来并不算很干净，可是，用爸爸跟妈妈说的话就是，他们也没脏到哪去。“他们的消毒证明说不定是买的，不是排队检查得来的。”妈妈说道。其实我跟爸爸心里也是这么想的，不过我们俩都只耸了耸肩。

一家四口搬进来的时候带了些见面礼：搁了大头菜的荞麦糊糊、白菜卷(这个比荞麦糊糊要好吃一点)，还有一小罐蜂蜜。爸爸说，我们可以拿蜂蜜换点别的东西。

那对夫妇丈夫个子很高，爱讲笑话，他的妻子比较矮，眼神里有一股怒气，似乎对公寓里的一切都有些失望。她看着我们的厨房说：“瞧瞧，锅子结冰，水龙头都冻住了，一滴水都没有。”他们的女儿介绍说自己十九岁，儿子只说自己饿了。他和我差不多大。有次吃饭的时候他说，他叫鲍里斯。

鲍里斯的父母和姐姐睡在厨房里，我父母睡在卧室，其余的人睡门厅。门厅比别的房间要冷。我和鲍里斯岔开睡，他的脚对着我的脸。半夜他似乎知道我还醒着，开始低声跟我说话。鲍里斯说，他们好不容易从另一家手里争到屋子，最后却被德国人收走了。他说犹太教堂里所有的男孩子都从别人那里偷面包吃，他们不吃的，就用来换马蹄钉，做游戏的时候用。鲍里斯说，那罐蜂蜜是他在犹太区外，趁一个值班军官转身不注意的时候顺走的。我问他值班军官是什么，后来知道就是黄警，值班军官是德语名字[1]，其实是犹太区警察。听到我哥哥们睡觉打呼噜的声音，鲍里斯问我他看起来是不是很壮。

“你在问我吗？”我问。他说是。接着他又问了我一遍，我说也许吧。

鲍里斯说自己的确很强壮。“偷运东西的人吃得要比一般人多，因为他们工作也更卖力。”他说道。鲍里斯的脸上有水痘留下的麻点，而他脸上的表情就好像是跟病人睡在一起。

我对鲍里斯说，偷运的人其实并不常把自己的真实身份告诉别人。他哼了一声。“那是因为我觉得你不是盖世太保。”鲍里斯说道。

“这可说不好。”我回答。

鲍里斯又问我们在这里住了多久。他说他很讨厌农村，自己和朋友踩到邻居家菜园的时候，有人会从屋里出来用皮带抽他们，后来还放狗出来咬。连狗都看不起穷人，鲍里斯说道，然后又陷入了沉思。他讲话的时候常常用手比划，像个犹太人。

鲍里斯告诉我，有人说他是犹太人，不能按着基督徒《圣经》宣誓，他就这样被踢出了波兰童子军协会。后来他跟队长建议用备用的《圣经》宣誓，也没成功。鲍里斯离开的那天，他最好的朋友都没来告别。他说，这样反倒轻松，因为从来不会想家。没人去想反而更好。

---

① 原文 O.D.是德语 Ordnungsdienst 的缩写，表示“秩序维护者”。

鲍里斯说他爸爸对酒没什么抵抗力，我也注意到了，餐桌上他总是来者不拒。“不过他又有什么理由拒绝呢？”他问。

他好像希望我能回应他，不过我什么都没说。“过不了多久你也会跟我妈妈产生矛盾的。”鲍里斯告诉我。他说，他妈妈时常觉得有人骗她，也因此大家总能看到她对人大吼大叫。我接着问他姐姐是不是也很不好相处。鲍里斯回答说，他姐姐很内向，她跟他说过要是结婚了，就想住在地窖里，这样就没人能看得见她了。

我又问他姐姐的手怎么了，他说来华沙的路上，父亲让他握住马车的缰绳，可是过桥的时候自己没有掌控好，整辆车都翻进了沟里，姐姐的手因此受伤了。

我问他一家人是怎么把车又翻过来的，鲍里斯说他把事情的经过如实告诉了路人。他觉得搞清楚哪些事情自己做得来，哪些做不来，这很重要，也是他能成为一个眼界开阔的人的原因。我说，你已经是大人了。他跟我说下次有机会他再让我见识见识。

我跟我们小分队提到了鲍里斯，还把他的一些故事讲给他们听，鲁特克说我明天应该把他带过来。阿迪娜问为什么，鲁特克说不用你操心，就我们整天干的这些事，沙玛的朋友鲍里斯也不会待太久的。

“你怎么叫我‘沙玛’？”我问鲁特克。

“你那些哥哥不也整天这样叫你吗？”他回答。

那天晚上其他人都睡着后，我和鲍里斯说第二天见见我们大家。他说他很期待能做我们的领头。我说太阳出来就要上学了，还是赶快休息吧。

犹太人的三条电车线要停了，而且还是在冬天最难熬的时候。听到这个消息爸爸妈妈都很绝望。妈妈说自己真倒霉，偏偏撞上这动荡不安的年代。爸爸告诉她，后边的日子可能更糟。那三条线停了，一条新的会开起来，没有编号，只有犹太星的盾形标志。鲁特克说，更大的麻烦在于穿过犹太区的雅利安人的电车也会被停。一个月后真的停了。

没有正式通知说雅利安人的电车会停运，我们等了三天，后来靠自己弄清楚了。索菲娅问我们现在该做什么，鲍里斯回答，得来点儿狠的了。一开始我们不知道他什么意思，等鲁特克把最后一包东西从电车上丢下来的时候，鲍里斯跟那些取货的人说：要东西，得加钱。

“条件我们已经谈好了。”对方一个人回答。

“他们答应了，我可没答应。”鲍里斯说。鲁特克后来跟我们描述说，对方的人围着那袋东西走来走去，还恐吓威胁他们，最终还是担心被来回巡逻的士兵发现，不得不答应了鲍里斯的条件。鲁特克说，鲍里斯让每个人的腰板都挺得直直的，就好像他根本没注意到那些警察一样，直到最后拿到了他想要的东西。我们不仅多要了一袋土豆，还要了一些葡萄酒。这些最后鲍里斯和我们一起分了。

晚饭的时候爸爸说，他感觉无论走到哪好像都有德国兵跟着。妈妈立刻警觉起来问为什么，爸爸说他也不知道。

鲍里斯一家人在后屋里不知在嘀咕些什么，爸爸说："估计他们在秘密计划什么。"

妈妈想了一个办法：我们可以弄来雅利安人的证件来保护自己。她说捷尼亚科夫妻子的一个姐妹跟她保证过，证件可以弄到，而且不需要太多钱。可等妈妈把具体数字说出来的时候，爸爸几乎喊了出来："一个人就要这么多钱吗？"妈妈吓得让他小点声。妈妈又跟他说那是一张出生证和一张身份证的价钱，也有便宜的，可一看就不像真的。

爸爸问，我们还要吃饭要生活，怎么攒得下那么多钱呢？另一头我们又该联络谁来接应呢？还是说都得靠自己？爸爸又指着我说："你觉得这个孩子能顺利过关吗？我可提醒你，你自己都说过，他一张嘴就能知道是个犹太人。"

妈妈看着我，一脸无奈地说："安伦，你觉得呢？"

"我们在这儿挺好。"我对妈妈说。我都能感觉到自己耳朵在发热。

"听到了吧，"爸爸说，"连他都觉得我们不用搬。"

妈妈说等哥哥们回来了她会听听他们的意见。但我能从她的声音里听出来，她其实已经放弃了。

可那天晚上哥哥们没能回到家里。就在家门外，他们被德国兵和黄警抓住，送进了劳动营。我们听到有人叫，可不知道那是什么。妈妈把我从窗户边拽了回去，后来邻居冲进来把事情的经过告诉了我们。邻居说有个人从口袋里掏了一些钱，给士兵还有黄警每人都分了点，他们才把他放走。

妈妈觉得那些人会把哥哥们带到尤泽夫，至少有个警察是这么跟她说的。爸爸赶紧把藏起来的钱都翻出来，要在哥哥们被送进警察局之前截住他们。我跟在爸爸后面跑，那时已经快到宵禁的时间了。

一队人被警察追着快步往前走，黄警在队伍后面，见谁步子慢了就对他呵斥一番，拿手里的粗棍子朝身上狠狠打过去。队伍前面的德国人时不时回头看一眼，就听到后面传来一阵喊叫和抽打的声音。

“能容我说句话吗？”爸爸走近队伍最后一个黄警的时候说道。

“快滚，不然也把你带走。”黄警警告爸爸。听了这话爸爸的步子放缓了，我从他手里拿过钱往前追，因为我看到里杰金在前面。

“瞧啊，这是谁来了，”我追到里杰金身边的时候他说，“难不成你也想进劳动营吗？我的脱靴器呢？”

“我给你找了一个很不错的，”我对他说，“但我还想跟你做一笔交易。”我把藏在外套里面的钱给他看。

“你想救谁？”他问。我指了指前面的哥哥们。他们还只顾着伤心，没注意到我们。“我能捞到什么好处呢？”里杰金又问。

“比这要多。”我回答。虽然我知道其实我们什么都没有了。

里杰金故意折腾我和爸爸，让我们跟着队伍又走了半个街区，之后他跟后面的警察嘀咕了几句，他们才上前把我的哥哥们从队伍里拉出来，带到爸爸面前。爸爸高兴得流着泪，重重松了口气，瘫在了地上。

“我需要一个脱靴器。”我对鲁特克说。

“脱靴器？”他问，“你要脱靴器干什么？”我们俩挨着站在原来的莱什诺街口，这样暖和一点。那时在下雪，鲁特克一直想着我们能重操旧业，但他爸爸的朋友事情越来越多，很多鲁特克也不懂，就让我们先等等。鲁特克不停地把痰吐在人行道上，看着痰结冰。我们俩的鞋子都湿透了，还开了线，冻得只能不停跺脚取暖。

“我认识一个人，或许能帮上忙。”我对鲁特克说。

“谁啊？”他问。

“我之前遇到的。你没必要什么都知道。”我说。

“那你这次是要一个人去了？”鲁特克问。

“你也并没有把自己认识的人都告诉我。”我回答。其实我也不知道自己为什么不想告诉他。

“那倒是。”他说。

“你到底愿不愿意帮我？”

鲁特克朝手上哈气，搓了搓脸，给了我尼斯卡街上一家店的地址。“我们得带点东西才行。”他对我说。接着广场另一面有什么东西吸引了他的注意。“他等着我们呢，”鲁特克说。

哥哥们被救了回来，爸爸妈妈很高兴，他们甚至叫上鲍里斯一家人一起庆祝。爸爸提议我们把蜂蜜拿出来，可鲍里斯的爸爸说我们应该留着更重大的场合再吃。哥哥说，比如我们可以等战争结束的时候再用，接着他又说最近听说柏林遭到了轰炸。他不停地跟大家说，传言新的和平倡议已经通过了瑞典、瑞士，甚至教皇那边。大家都围坐着桌子抽烟，分享自己听到的消息。爸爸总说，只要给犹太人一分钟的时间，他们就能把谣言传得满天飞。鲍里斯的妈妈说，他们村子里的拉比一年前曾预言，战争会在这个月结束，因为经过他的测算，承载犹太人苦难的杯子已经满了。鲍里斯爸爸听了讥讽地欢呼起来，提议我们大家为这个“好消息”干杯。他给自己倒了一点伏特加，也给我爸爸倒了一杯。

杯里的酒喝完后，鲍里斯爸爸继续说道：“我听说，希特勒问总督采取了什么措施来压制犹太人。总督把从犹太人身上剥夺的权利和优待都告诉了他，希特勒不满意。总督又把从犹太人那里抢来的东西都汇报了一遍，希特勒还是不满意。总督把犹太区伤寒病肆虐、脏乱不堪的情况描述了一下，可希特勒还是不满意。最后总督说：‘嗯，我还建了一个犹太自助组织。’希特勒突然大叫起来：‘这才对嘛！’”

哥哥们也跟着笑了。“我们现在搞成这样，不也是针对犹太人政策的结果？”爸爸见他们不笑了，严肃地说道。

屋子里安静了下来。我们听到外面街上的小贩在叫卖焦炭。“听，连外面的小商贩也为我们助兴呢。”鲍里斯的爸爸说。

妈妈也不笑了。“一开始我挺支持犹太自助政策的。”妈妈最后开口说道。“如果一定要听从波兰人或者犹太人的命令，为什么不听犹太人的呢？毕竟犹太警察不会把商贩的篮子随随便便踢翻，也不会糟蹋大家的东西。”

“你说的是之前。后来他们不也把所有人逼得身无分文，好买通军官，让自己逃过劳动营吗？”爸爸回答。

“是的，那是从前了。”妈妈说。我们的庆祝结束了。妈妈后来问爸爸，能不能让我重回工厂做工。爸爸回答，自己能保住饭碗已经很不错了。妈妈听了憋不住心里的怒火，大声问没回家那天他去干什么了。爸爸跟她说，工厂是不会把孩子们聚起来送去劳动营的，还提醒她，安伦这么小的个头，看起来比他实际年龄还小呢。

“要是安伦有什么三长两短的，我绝对不会再理你了。”妈妈说。

“你现在也不怎么搭理我啊。”爸爸回答。

“我们得想办法离开这儿，这里没法睡觉。”躺在过道里的时候，哥哥忍不住吼了一句。

“你爸妈吵架跟我爸妈一个样儿。”鲍里斯对我说。四周一片漆黑，听他的声音，似乎希望我能附和一下。

“我觉得安伦已经睡着了。”见我没出声，哥哥对鲍里斯说。

“他没睡着。”鲍里斯回答。

看着妈妈整天闷闷不乐，我就把索菲娅和阿迪娜介绍给她认识，比起鲁特克，妈妈更喜欢她们俩，这一点我早就猜到了。阿迪娜问我：“为什么要见你妈妈呢？难道我们要订婚了吗？”索菲娅说她可以理解我，她劝阿迪娜说，帮别人做点好事又不会死。我们是在咖啡店里见面的，妈妈坚持要请她们俩喝茶，虽然我能看出来妈妈对花出去的钱挺在意的。妈妈之后问了问她们家里的情况，听了她俩的故事妈妈又觉得心疼。见面快结束的时候，妈妈说她有个朋友是捷尼亚科妻子的姐妹，从她那里得知在雅努什·科扎克的孤儿院里有演出，问她们要不要一起去。

阿迪娜盯着我，我一脸茫然。她从我的表情看出来，我也不知道妈妈会请她们看演出。

“我觉得她们可能对儿童木偶剧不太感兴趣吧。”我对妈妈说。

“这次演的可不是木偶剧。”妈妈说。

“他们进犹太区的时候我看到他们的队伍了，”索菲娅告诉我妈妈，“看起来跟马戏团似的。”

“我也看见了，”我说，“你看到挂着天竺葵的马车了吗？”

索菲娅说自己听到了各种各样关于科扎克的传闻：有人说他

被带到森林里枪毙了，也有人说他被带到劳动营去了，还有人说他被押上船送到了巴勒斯坦。科扎克之前曾找到盖世太保，要求他们把没收的土豆还给他。科扎克去找他们的时候没有带臂章。后来那些家伙揍了科扎克一顿，把他丢进了监狱，可一个月之后他又被放了出来。

“放出来了？”阿迪娜问，她似乎对此很感兴趣，“为什么？”

索菲娅举起手来，打了个响指。

“科扎克是不是很有钱啊？”阿迪娜问。

“他有不少有钱的朋友。”索菲娅回答。她听说就在科扎克挨打的同一天，他孤儿院的波兰看门人也差点被打死，因为那个看门人亲自带着孩子们到了犹太区，但是雅利安人不再为犹太人工作了。

我们四个听着其他桌子上人们的对话，妈妈的眼睛里流露出一丝失望。“除了干活就是偷盗抢劫，这世道。”妈妈自言自语，阿迪娜和索菲娅只是呆呆地看着她，把自己杯子里的茶喝完。索菲娅把糖块夹在上下唇之间，直到完全化了才伸出舌头舔舔嘴唇。妈妈站起来擦了擦眼睛，她说如果我们想去看剧的话，孤儿院就在卡洛迪纳街上的那个区。

“我们去，”索菲娅说，“当然去，肯定很有意思。”阿迪娜看着索菲娅。“肯定很有意思。”索菲娅又说了一遍。

妈妈很高兴，趁我们没改变主意先走了。阿迪娜说：“你们肯定说服不了鲁特克和鲍里斯跟我们一起去。”索菲娅说：“我本来也没打算让他们跟我们一起去。”

那天晚饭时间，妈妈把科扎克被放出来的消息告诉大家，鲍里斯的爸爸很好奇，到底为什么德国人会放了他。

“说不定是因为德国人把科扎克变成他们的人了。”鲍里斯说。

“也可能是科扎克给了德国人一堆金子。”哥哥说。

“德国人很清楚，科扎克算得上是欧洲最伟大的儿童专家和教育改革者了，”爸爸说，“他甚至在英国和法国都很有名。科扎克可能是这个区里面最安全的犹太人了。”

“大人物啊。”鲍里斯说。

“他是不是战争爆发前传出丑闻的那个人？”鲍里斯爸爸问。

“什么丑闻？”妈妈问。鲍里斯爸爸举起手来，好像在说他无意冒犯。

“他先是丢了自己的电台节目，后来连少年法庭上的位置都没保住，”爸爸说。“接着他去了巴勒斯坦。人们开始知道波兰人雅努什·科扎克其实就是犹太人亨利·哥德施密特的笔名。”

外面突然响起了枪声，我们围坐在桌子旁，一动不动，听着外面的动静。桌子上的汤里面洒了甜菜花，搁了点荨麻叶，还有麦糊疙瘩。

“谁都不想要一个犹太人来管制波兰的少年犯。”爸爸又说道。可我还在想为什么德国人会放了科扎克，其他人脑子里也在想着别的事情。

孤儿院前专门为罗斯勒商业中学的人画了一条线，给他们单独留了一条通道。一块精致的木板上写着儿童共和国，用线吊着，挂在那里。一些女孩带我们来到了演出的地方，再领到舞台前面的座位上。女孩们穿着用纸和碎布料做成的戏服。“你演的是什么呢？”我问带我进来的女孩，她身上的纸大部分都被涂成了绿色。“我演的是一条龙。”她回答。

一层大厅尽头有个平台，那就是舞台了。座位都坐满了，没座的只能在后墙站着。一个胖女人从后门走进来，掌声响起。她就是之前我看到科扎克拉着的那个女人。只见她把一盆仙人掌放在了舞台前面。她首先欢迎大家来到孤儿院，并介绍自己是斯特凡妮娅·维尔金斯卡娅，是孤儿院的高级教师。她说，那株仙人掌是她最喜欢的孤儿了，能给孤儿院带来好运。大家听了都笑起来，好像他们听懂了斯特凡妮娅的话。接着她说，现在她很荣幸地为大家介绍波兰最伟大的人道主义者和学者。

大家再次鼓起掌来，科扎克从同一扇门走出。他头戴一顶纸做的王冠，人们看到都笑了起来。胖女人在第一排坐下。

“应该给后面那位富态的男士一把椅子，”科扎克说，“他看起来挺有钱，不该站着。”观众席里的小朋友觉得科扎克实在是太滑稽了。

“我说话有些伤人，大家倒很捧场，”观众们安静下来的时候科扎克说道，“即使衣着光鲜的淑女和绅士也一样。他们平时刻意保持距离，可一旦他们的孩子生病了，即使是半夜他们也会找到我，‘求你一定要来看看’。”

“所以说科扎克是个医生喽？”阿迪娜小声问我妈妈。

妈妈告诉她，科扎克是位名医，日俄战争，“一战”还有俄国内战期间都当过军医。

科扎克跟观众中的上层人士道了歉，因为他偶尔会说一些意第绪语。科扎克说在今晚的主要节目之前，他想先放一段自己的电台节目，叫《儿童的孤独》。节目是由孤儿院制作的，展现了这些小朋友们的才华，他们个头不大，都来自华沙的某个阁楼和地下室。“但恰恰是在这些地方，我们发现了这样一群有趣的人，”科扎克说，“他们被遗忘在了地下室。”他清了清嗓子，慢慢用手帕擦了眼镜再戴上，开始放节目。

节目一开始很有趣，可后面就有些悲伤了。我没有继续听。

放完后人们又鼓起掌，这时孩子们开始为接下来的表演布置舞台。

“我喜欢他说的那句话，‘孤独就像一座港湾，我们总是从那里起航’。”索菲娅感叹道。

“我倒喜欢另一句，‘你到底是掌舵人还只是乘客？’”妈妈说。

“我可不只是乘客。”阿迪娜说。

“你的口气倒有点像鲍里斯。”索菲娅说。

孩子们表演的是《海什科勒的三段旅途》。一位叫海什科勒的英雄总戴着头巾，可头巾一直滑下来，故事里也没解释他为什么还一直戴着。这位英雄藏在飞机上来到了英国，说服英国国王让所有犹太人移民巴勒斯坦。接着他又来到了埃及，找到满满一屋法老的金子，来负担所有犹太人的旅途费用。后来英雄又到了德国，与希特勒会面。演希特勒的那个男孩子非常不错。希特勒看到那些金子，为自己的所作所为懊悔不已，赶忙下令将所有犹太人都请回德国。不过英雄拒绝了，说他已经用剩下的金子为挨饿的德国孩子买了牛奶和黄油。故事的最后，只有英雄和希特勒还留在舞台上，希特勒对英雄的帮助表示感谢，问自己有什么可以做的能回馈英雄的帮助。海什科勒说有，你可以颁布一条法令，所有将孩子遗弃在大街上的人都应该羞愧地低下头去，希特勒答应了他。最后，英雄海什科勒唱了一首关于十诫[①]的歌曲，所有演员一起跳舞，演出就结束了。

妈妈不停地鼓掌，别人都停下来了她还在继续。她又在抹眼泪了。“你也很喜欢，是不是？”妈妈问我。科扎克返回舞台向所有人致谢，掌声又响了起来。他再一次向观众表达了谢意，同时为每个人作为孤儿而感到自豪，因为他们既没有了祖国，又作为犹太人而被抛弃。科扎克希望人们能用关爱来接纳孩子，无论他们将来成为怎样的人，都能受到尊重。他还告诉孩子们，对于这个世界，我们不能对它的现状视而不见。要记得洗手，不喝生水，常打开窗户通风。他朝离自己最近的窗户外望了望，最后

① 是指《圣经》中的十诫。

说，大家还是等暖和点再走吧。

连阿迪娜都觉得孤儿院的演出值得看，虽然一部分原因是演出后的饼干不错。她接着说自己根本没看见有饼干，也不知道演出要多久才结束。鲍里斯很生气，因为我们没给他和鲁特克偷点饼干出来。索菲娅说那些其实并不是真正的饼干，阿迪娜说就算不是也差别无几。

我们几个总是吃不饱。“我记得妈妈经常给我们吃蔬菜，说这样对身体好。”阿迪娜有天早上对我说，像刚从梦中醒来。我们站在一家卖疝气带[①]的商店门前，听到有人从楼顶朝自己的孩子吼叫。一层楼有个人不停让他妻子给电石灯里加水。还有人从高处的窗户往下泼脏油水，溅到了我们脚边的人行道上。

鲍里斯撺掇我们拿那些死去的，或者离开聚居区人的配给卡做交易。他觉得最佳交易地点就是配给店附近，那里母亲们总是带着自己的小孩走来走去。他没说错。鲍里斯和鲁特克负责跟人讨价还价，因为我们其他人实在不忍心看那些孩子的脸。鲁特克手拿配给卡举到一位母亲的鼻子下面，说只是想要她多给一点东西而已。想要配给卡，就得好好考虑考虑他的要求。就这样，他得到了那个男孩的一双木鞋。那位妈妈接过配给卡，换了些大头菜，她儿子光脚走回了家。不过天气也越来越暖和了。索菲娅

① 用于治疗疝气，类似于腰带的一种医疗器材。

说，现在已经到五月底了，可鲍里斯觉得时间还停留在四月。鲁特克试了试那双木鞋，跟他之前想的一样，穿上正好。

“他给大家付出什么了呢？”鲍里斯问鲁特克，“他”指的是我。索菲娅和阿迪娜让鲍里斯别跟我计较那么多。

“我妹妹不喜欢菠菜，”阿迪娜说，“但是我喜欢吃。”

“你们还在说多吃蔬菜的事吗？”鲍里斯问。

“我妈妈以前老跟我说，必须得讲卫生，膝盖应该干净发亮。”索菲娅说。

我看到了她头发上的虱子。“你还是挺干净的。”我对她说。

鲁特克跟我说他们家现在干净多了，多亏他爸爸和一些工友开始用锯末炉子，而且用这个也比烧煤便宜。

“那你觉得暖和了吗？”阿迪娜问鲁特克。

“什么都不暖和。”鲁特克回答。

“问题不在炉子上。”鲍里斯插了一句。“嗨，妈妈，”他突然对一个从商店走出来的女人喊道，她还带着三个哭泣的孩子，“有什么需要我帮忙的吗？”

女人和三个孩子离开后，鲍里斯拿起一条厚披巾。“还是英国货呢。”他说，还让我们看了看商标。鲍里斯和鲁特克一直在争论给那位母亲的配给票有些少了。

我们几个在距离宵禁还有一小时的时候散了。回家半路上突然有人抓住我的衣领。“给我的脱靴器挺不错。”里杰金说。

“那就好，”我回答，挣脱他的手，“我得回家了。”

“每次你都这么说。”里杰金说，听他口气好像藏着什么事。

他跟着我往前走，嘴里嚼着东西，也没有分给我一些。

“我卡洛奇马拉纳街上的朋友，想知道各个街口大门都有谁，他们都在干什么。”里杰金说道。他口中的“朋友”指的是黄警，他们的总部四月份搬到了卡洛奇马拉纳街上。鲁特克现在穿过那一片要走另一条路，因为他发现他们已经把总部搬到那里，这我才知道。

“跟我有什么关系？”我问。

“我看你整天到处晃悠，”他回答，“觉得你可能留意到些东西。”

“我可不擅长留意什么东西。”我告诉他。

“什么都行。”里杰金说。

我继续往前走，在电车站那里停了下来。没人在等车，或许我错过了。

“只不过是让你帮忙盯着点，”他说，“又不是有人会去破坏大家的交易。”

我再等了几分钟，开始往前走。一只鞋的鞋面已经完全与鞋底松开了，每一步都啪啪地拍着地面。

“有捞好处的机会我也会告诉你的，”里杰金说，“比方说，现在还有一些没收的洋葱没上交呢。”

“我觉得你才是那个到处晃悠的人。”我对他说。

里杰金耸了耸肩，好像他已经习惯了别人对他的“赞美”。

"我提醒你，犹太警察还负责决定外来人口过来的时候征用哪些房子。"他说。

"我们家房子早就被征走重新分配了。"我说。

"告诉你，有些房子里得住十五到二十个人呢，"里杰金回答，"你绝对想象不出那是什么情景。"

我停下脚步，试图把鞋面和鞋底重新压在一起。想不到自己竟然会因为一只鞋而流眼泪。

"我也理解，你肯定得考虑一旦你的朋友们知道你为警察效劳，他们会有什么反应。"里杰金继续劝我。见我不说话，他问："你是不是已经告诉他们了？"

"还是好好想想吧。"他跟着我又走过一两个街区，见我还是不应声，便再一次劝我。我又走了半个街区，回头看的时候里杰金已经不见了。

我们家房子外有人嚷嚷。一群德国佬好像在来回踢着什么，还用德语朝他大喊大叫。我从没听过人那样喊叫。街上有很多人停下来围观。我不想凑得太近，可他们偏偏在我家门口。

我看到有人侧身躺在地上，嘴里发出痛苦的声音。我听出来了，是爸爸。我停了下来，像排队等电车那样身子前倾，想看看爸爸到底怎么样了。那些德国佬围成圈，又踢了爸爸几脚，接着他们没有像刚才大喊大叫，而是交谈起来。德国佬们低头打量着趴在地上的爸爸，他蜷在那些人的腿旁边。爸爸看到了我，但并没有作声。我觉得自己该做点什么救他，意念驱使着我开始移动，可真要走上前去的时候我又害怕起来，呆呆地站在街中央。

爸爸一条腿慢慢抬了起来，跪在地上，弓着肩膀。一个德国佬又给了他一脚，他身体打了个转又倒在地上。他就那么躺着。我想，这个时候身为儿子，应该走到父亲身边，痛斥那些德国佬。他们跟街道另一边几个神色好奇的德国人说了几句，接着他们便互相推搡，大声嚷嚷着离开了。

见德国佬离开了，一群人便走近躺在地上的爸爸，我也走上前。他的衣袖和外套后面沾满泥土。“不用。”我伸手想拉他起来的时候，爸爸说。他双手撑在地上，先是跪着，然后站了起来，身子晃了一下，背对家门走远了。

我跟在爸爸后面。他的步态一开始不稳，慢慢恢复了正常。当我们走到第一个街角的时候，他转了弯，我跟上去。过程中我时不时看看他的脸。下一个街角他又转弯了，再下一个还是。转过第四个弯之后我们又回到了自家的街区。爸爸停了下来，看看德国人是不是真的走了。到了家门口，爸爸让我先上楼。

妈妈看到他灰头土脸的样子，问发生了什么，爸爸只告诉她是被马车撞倒了。妈妈很难过，烧热水帮爸爸清理了一下，又说，你可差点就没命了。爸爸没接话，却让妈妈给我的外套肘部缝几块布，谈话的焦点就到了我身上。爸爸在水槽边洗脸洗了很长时间。妈妈看到他的外套心情也不好，不仅沾满泥土，还掉了一个口袋，她一边缝衣服一边口中念叨着，爸爸只得对她喊，让她别再唠叨外套的事。妈妈被吓到了，心里也十分委屈，便不再说什么。

鲍里斯的爸爸探头进来问爸爸怎么样。见没人应声，鲍里斯就在走廊上喊道：“他被马车撞到了。”爸爸又继续回去洗脸。

之后的一段时间，每当闭上眼睛，我的脑海里就会出现爸爸在街上的样子。我整宿整宿地睡不着，奇奇怪怪的想法不断在我的脑海里涌现。醒来的时候我的嘴里都是血。妈妈说，这孩子怎么看上去像是把自己的舌头咬烂了。

那次在街上被德国佬打了之后，爸爸就像变了个人，好几天都没去工厂做工。他只是呆呆地坐在窗户旁的餐桌旁，背对着大家，我们用一块湿布擦他的额头，把妈妈煮的茶喂给他喝。妈妈对我们说没关系，爸爸只是需要一些自己的空间。有时他看着我，那表情就好像德国人已经让我们俩都丢了胆魄。我和鲍里斯准备离开的时候，我对爸爸说了声再见，他朝我们摆了摆手。

# 3

转眼到了六月，天热得睡不着。有天晚上凉快点，我们听到德国军队从外面经过，原来他们要转移阵地。

整整一晚，坦克压过一条条街道，经过维斯杜拉①桥。一辆辆卡车跟在坦克后面，声音震耳欲聋。我们都趴在窗户前好奇地向外张望着，反正也没法睡觉。整栋楼都在震颤，凡是固定得不太牢的东西都在叮当作响，发出乒乒乓乓的声音。我们不得不把茶杯从架子上放下来。每几个小时妈妈就会大喊："这都多长时间，还让不让人安生了！"一开始爸爸努力想躺在床上休息，可是过一会儿他也起来了。太阳一出来，我们都去街边看德国人转移军队，除了妈妈。

德国军队转移一直到中午才结束。德国境内的所有德国人都被装进卡车里运到别的地方。鲍里斯的爸爸说，他这辈子从来没见过德国人的这些武器，可周围乱糟糟的，我几乎听不到他在说什么。德国兵把各种东西放得到处都是，街上都没法走。一只流浪狗试着穿过马路，尾巴差点被辗掉。

---

① 维斯杜拉河，波兰中部河流。

坦克两侧用白漆涂着各种各样的德语口号。我们见到最多的是：“斯大林，我们来了！”

有些小孩子见到大卡车后面载着加农炮，都很兴奋。卡车排出棕黑色的柴油废气，呛得头疼，我们受不了便回到了屋里。

当天晚上我们听到外面有爆炸声，第二天早上就听说俄国人昨晚轰炸了华沙。奥肯切机场、剧院广场都被炸毁了，基尔贝兹桥附近的一辆电车也被炸了，车里面的人无一幸免。

“你怎么老是说你妈的事呢？”鲍里斯那天早上说。“你觉得我们愿意听是吗？难道我们都不担心自己的妈妈吗？”

“我当然也会担心自己的妈妈。”阿迪娜赞同鲍里斯的说法。

大街上到处都是病怏怏的人，大家都在说，伤寒病还在肆虐。爸爸跟妈妈说过，上帝就是想通过伤寒病，让那些污秽不堪的人都下地狱，以此来拯救其他人。妈妈听了给了他一巴掌。我把这件事讲给朋友们听。“你爸爸就这么让你妈妈打了一巴掌？”鲍里斯问。在他看来，即使是伤寒病也可能给我们带来赚钱的机会。事实又一次证明，鲍里斯是对的。没过多久，里杰金就来到我家，说警察局要招人专门成立一个小分队，负责消毒和在犹太区贴标语，这些人可以得到一些配给卡作为回报。里杰金让我带领这个队伍。我们贴了三天的标语。“他是怎么想到找你的呢？”在消毒站贴标语的时候索菲娅问我。

“也许我之前给他的印象还不错。”我回答。

“可没人喜欢你。”鲍里斯说。

“鲍里斯说得对。”阿迪娜附和。

我拿着配给卡买了些黑麦面粉、麦糊还有土豆。鲍里斯给家里人都买了满满一盘肉汤。

妈妈给家里所有人都做了检查，看我们有没有出皮疹。她看到我手上伤口那里长了一个包，很紧张地抓着我检查起来。“那些德国人把我们一个一个扔在这里不管，他们自己怕传染病怕得要死，却任由疾病在我们这传播。”妈妈气愤地说。

“德国人听到了估计得吓一跳。”爸爸对她说。

索菲娅的小妹妹索希血液感染，她妈妈带着她去医院。到了之后医院的人告诉她，现在没有一家医院还有空床位接收伤寒病以外的病人了。四所医院现在都只接收被伤寒病传染的病人。索菲娅说她爸爸要难过死了，因为布鲁兹两姐妹都死在了斯道基医院里。

“布鲁兹姐妹是谁啊？”我问索菲娅。她提醒了我一下。“哦我想起来了。”我说。

“沙玛心里只有自己吧。”索菲娅说。鲍里斯和鲁特克大笑起来。

“是安伦，”我说，“安伦只想着他自己。”

“你是不是从来没把别人放在心上？”索菲娅问。“对你来说，摩西死于饥渴，墓碑风化成沙。”

“你说什么？”我问。

“我爷爷过去常说这句话，”她回答，“特别是有人让他失望的时候。”

“我做了什么？”我问。

“你让她失望了。”鲍里斯在一边解释道。

“为什么每个人都明白一些我无法理解的东西？”我说。我再也受不了总是没人在乎我。尤其是索菲娅。我真想打人。

“你总是表现得好像一切正常。”索菲娅说。

“为什么你这么说我而不说别人呢？”我问。

“能别烦我了行吗？”她说。

“我没有烦你。”我告诉她。

“好好回去洗澡吧。”索菲娅说完，拉着阿迪娜的手离开了。

第二天，天还没亮就有人敲我们家的门。妈妈不得不在走廊跨过我的身子去看看是谁。门一打开，一个德国人站在她面前：“我需要二十个人。”虽然他的波兰语说得不怎么样，可我们还是听懂了。德国人看到我们几个躺在地上，便跨过去，在屋子里搜起来。搜到卧室的时候他用德语说：“都给我起来！”德国佬把爸爸、哥哥还有鲍里斯的爸爸拖到客厅里，接着把他们带了出去。门快关上的时候我看到外面还站着黄警。黄警跟爸爸他们说了几句，妈妈急得从房门走到火炉旁，又从火炉走到门前。没一会儿爸爸走进来对我们说：“他们说只是把我们带到一个劳动营里待几天，没事的。我们只是去做工，管饭。”

“不！别去，千万别去！”妈妈说。鲍里斯突然喊让人把门关上，有人征兵。

“别闹了，”爸爸对妈妈说，“跟着德国人起码能吃上一顿午饭，喝点汤什么的。”妈妈还是劝爸爸别去，但爸爸安慰她，说不定他们回来的时候还能偷点食物。爸爸亲了亲妈妈，又弯下身子亲了我。他看着我的眼睛，欲言又止的样子，接着站直身子，走出去，关上了房门。

妈妈看着我们，好像有什么灾难从四周袭来似的。“让你妈妈别站在这了。”鲍里斯的妈妈最后对我说。“我把东西洗完，去别的地方站着吧，”她对妈妈说，拿走了她手中的抹布，“先把你们一家人喂饱吧。”

妈妈站在厨台前，双手捂着脸。“别这样，”我对妈妈说，“在这捂着脸也不能做什么。”

这是妈妈常说的话。她听了终于不再待着，找出帽子和包，带我走出家门。

格西街上的商店都空荡荡的，橱窗里摆放的纸盒上写着空盒子。有个女人拿着一把旧扫帚在一家店前扫来扫去，她说再过一会儿波瓦卡街上有家屠宰场有肉，我们便朝波瓦卡街走去。

丹兹纳街上我们遇到一群人，两个女人被围着，她们正从一个脏兮兮的桶里往外倒发灰的牛奶。妈妈看了看她们前面的招牌就带着我走了，嫌她们要价太高。

妈妈一边走一边自言自语。她说看一看又不用花钱，说不定他们会把马肉放在醋里泡一泡软化。

妈妈在拱廊底下一家照相馆门前把自己的鞋修了修。照相馆的橱窗上用德语写着“国防军”。一辆三轮车经过，妈妈抱怨说，怎么每个有胳膊有腿的人都使足马力蹬车，像个中国苦力。

“唉，你爸爸也是倒霉。”她说。

“振作起来。”我对她说。

“他们本来应该只带走单身汉的。一开始他们只把未婚的男人带去做劳工，”妈妈说，“所以很多人就赶快结婚逃避。”

“你还要再修修鞋吗？”我问。

“你的要不要修？”妈妈问我。

“我的用线缝缝就好了。”我回答。

我们经过一个拉小提琴的小男孩，他在演奏《巴尔·谢姆·托夫》，希望路人能给他几枚硬币。他见我走出很远才停止演奏。

“我不明白，那些德国人怎么老找你爸爸的麻烦，”她说，“安息日那天就有两个人因为没有向他们行礼打了他。”

“我看到那天爸爸脸上的伤了。”我说。

“还有一个德国兵反而因为你爸爸行礼而打他，”妈妈继续说，“那个德国兵说，‘你又不是我们军队的，干吗行礼。’”

“几乎所有被选去做工的人两三天后都回来了。”我最后还是忍不住劝妈妈。

“我想你爸爸他们会在那里待上几个月，干些活就放他们走。然后我们就又能过我们的安生日子了。”妈妈说。

“你说的是德国人吗？”我问，妈妈没有回答。

“你那个犹太警察朋友能不能帮我们找找你爸爸他们在哪儿？”妈妈问我。“就是那个长着大耳朵的？”

“他不是我朋友。”我对妈妈说。“你怎么知道他的？”

“他跟我说是你朋友，”妈妈回答，“他还来找过你。”

“他来干什么？”

“只是说找你。”妈妈告诉我。“兴许卖肉的在这。”她说，一边走进一栋公寓楼里。但是那里的商店早就没了，空空的屋子里只剩下一张小圆桌，还有一位老人，他用一块布包住脸，想遮住自己的胡子，看起来像是牙疼。

我们从那栋楼里走出来一回到大街上，妈妈就对我说：“你那个朋友是比较聪明的警察，不喜欢对人发号施令，所以总要跟别人解释。你能从这些警察的眼里看出来，他们是想告诉我们，事情也不由他们。”

“那个人不是我的朋友，”我重复道，“不过下次碰见他，我会问问有没有什么消息。”

妈妈带着我穿过皮兹比格大街，走上了木桥，桥上有一群人在远眺维斯杜拉河，我们在他们旁边停了下来。一艘驳船顺着河行驶。桥对面有些许绿色。妈妈一只胳膊搭在我的肩上，我一只手放在她背后。

后来我们走下了桥。“小时候，我一饿就站在糕点店门口，”妈妈对我说，“好像看看就能把肚子填饱。记得有一次我从木桶里偷了泡菜吃，结果拉肚子了。”

“打那以后你就不敢偷东西了吧。”我说。

“偷东西一直都不是好事。”妈妈说。

“挨饿也不是什么好事。”我回答。

妈妈又问我知不知道现在人们都不卖衣服，而开始卖自己家的锅了。没了锅可就没法做饭了。

“我知道。”我回答。

“人们吃饭的时候要是总盯着别人家里的锅看，羡慕别人锅里东西比自己家的多，这顿饭恐怕就很难安安生生吃完了。”妈妈说。

我开始对一切都感觉厌恶，甚至包括妈妈。跟她走在一起总感觉她是我最大的麻烦。

妈妈看着我，那样子好像她看透了我的心思。“我只是气愤那些有钱人没有尽到对穷人的义务。”她最后开口说道。

“为什么富人就得帮我们呢？”我问妈妈。

“你听街上那些孩子们，整天喊饿。”她回答。

“谁不饿呢？”我说。

“那些富人可不饿，”她说，“他们现在做得还不够。”

波瓦卡街上我们一个人也看不见，接着两个男人示意我们走进一间公寓，里面一个打开的木桶旁，两个女人正跟那两个男人争执。

“这就是肉，”其中一个男人说道，“就算碾碎了这还是肉。”

“你真无耻，”一个女人骂道，“你把畜生屁眼碾碎了卖，我才不要。”

“又没人逼着你吃。”男人说。

妈妈拉着我回到了大街上。“赛格拉纳街上还有一家肉店。”妈妈说。看着她的脸，我为自己刚才的想法感到羞愧。我们一边走一边紧紧攥着对方的手。到了一长列队伍跟前，我问妈妈这家店是不是我们要找的。

“就是这儿。”她回答。

一些小孩儿围着队伍前后跑着卖香烟和糖果。旁边站着一个黄警，负责维持秩序，防止街头匪帮冲到前面。队伍里有个女人妈妈认识，她问妈妈怎么样，家里是不是还好。妈妈耸了耸肩说：“没一样顺心的。”

面粉每公斤三十五兹罗提。绿麦做的面包已经卖光了，只剩下一些糠和土豆皮做的。妈妈花了十六兹罗提买了一公斤面粉，面粉很黏，但闻起来很干。她拿着面粉在手中翻来翻去。“要是里面掺的锯末太多，吃起来就像在吃土。”我们边走妈妈边说。她觉得我没注意，把面包贴在了脸上。一起走过几个街区后，妈妈终于把面包装回了包里。接着她又拍了两下祈求好运，拉起我的手一起走回了家。

我们几个和另一帮人有了矛盾，他们人比我们多。我们和索菲娅还有阿迪娜偷了两兜菜豆，但是运送的时候太大意，被另一伙人盯上，抢走了我们的菜豆。阿迪娜阻止他们的时候还被撞倒了。她站起来扇了他们领头的一巴掌，那帮人又踢起阿迪娜来。

“我和安伦来解决这件事。”鲍里斯对索菲娅和阿迪娜说。

“就咱俩？”我说。

“你们俩？”鲁特克问。“为什么叫他？”

“三个人太多了。”鲍里斯回答。

“为什么不叫我而叫他？”鲁特克问。

“因为他该给大家做点事了。”鲍里斯说。

“你准备怎么做？”阿迪娜问。

“我们准备强制收税。”鲍里斯回答。

“什么意思？”阿迪娜问。鲍里斯说你会明白的。

第二天早上鲍里斯带着我回到了卡洛迪纳街口。“瞧见没，那个人就是头儿。”鲍里斯一边说，一边指着一个带格子帽穿背带裤的男孩。男孩旁边有家人正从箱子里掏出东西挂起来卖。

“你是怎么知道的？”我问，但他没理我。他把藏在衣服前面的一罐蜂蜜掏出来递给我。那罐蜂蜜是他们家搬来华沙时一直带在身边的。

“小时候我就告诉自己，可能我个子没别人高，但是做事可以比他们狠。”鲍里斯说。他让我先等半小时，然后在经过那个领头男孩的时候故意让他看到蜂蜜，把他引到米罗街上。鲍里斯让我一定要站在通向米罗街那条路的左侧，如果发现被对方两个人以上跟踪，转到艾尔克图拉纳街上的时候就立即把帽子摘掉。鲍里斯说这样做我一根头发都不会丢的。

“那你干什么呢？”我问。

“别问了，拿上蜂蜜。”他回答。

“我们连他长什么样都不知道。”我对鲍里斯说。

“他跟我们一样，是个贼。”他说。

我等了一会儿，然后照他说的做了。一开始我觉得这个办法不管用，可是在索那街上我回头看的时候，发现那个孩子朝一家店铺的橱窗走去。

艾尔克图拉纳街上人越来越少，米罗街也一样，因为街道太短，尽头是一堵墙。那儿的楼房都空空的，废墟中孤零零地立着一扇大门，上面挂着只剩下半块的牌匾。透过街道对面的窗户，我看到那个男孩儿慢慢走近了。他经过门口的时候，鲍里斯站在破房子的碎石堆里，一根手指压着嘴唇，另一只手里拿着一块砖头。我想：他准备干什么呢？

我回过头去看那个男孩。他停下来了，但离我很远。这时，鲍里斯拿着手里的砖块朝男孩戴格子帽的脑袋砸去，然后抓着他的肩膀把他拖到一个隐蔽的角落，那里地窖塌陷了，大街上没人能看得到我们。我在后面跟着鲍里斯。他把那男孩扔在地上，捡起一块砖头又朝他砸了一下。那声音就像铁铲插进了土里。

“你都干了些什么？”我问，声音在发抖，听起来像个小婴儿。

“你刚刚回头干吗？”鲍里斯问。他好像对我更生气。

“他死了？”我又问。但我看得出那男孩还没死。他的头不停来回抖动，双手攥得很紧。

鲍里斯蹲下来，拿出一根别针和一张纸条，上面写着：你活着，也给别人一条活路。之后把字条别在了男孩的衣服上。

“蜂蜜给我。”鲍里斯对我说，然后把我拉回大街上。

“我们就把他放那儿不管了？”我问。可问了又能怎么样呢，他已经被我们丢在那里了。

那天下午，整个卡洛迪纳街上只有我们一帮人。鲍里斯说另一帮人可能正忙着找他们的老大。我们找来十几个小孩，让他们挤在大门口哄跑，蓝警和黄警忙着揍他们、揪他们的衣服，但是大多数孩子都顺利逃脱了。每个小孩都从我们这里得到了一个糖果，让他们守在大门口，一直等到经过人最多的时候。鲍里斯觉得这很好玩。他说，有人付钱请我们带东西，所以我们几个人得分开，然后在墙外雅利安人的商店里买东西。鲍里斯说，我们几个行动要镇定，走路别慌，经过警察的时候把他们当成小商小贩就好，即使有人怀疑我们向我们走来也别跑。离开之前要尽量把衣服和鞋子弄干净。在商店买东西的时候，要表现得好像这家店就是我们开的一样。

“你妹妹现在怎么样了？”阿迪娜问索菲娅。听到这个，我恨不得给自己一巴掌，后悔问这个问题的竟然不是自己。

索菲娅说索希最近很不好。阿迪娜一只胳膊搂着索菲娅，索菲娅问她是不是病了，阿迪娜回答又有两家人搬进了他们家公寓。而就在新来的这几家人正和阿迪娜的叔叔坐在一起聊天的时候，又来了一家人。她不知道该让他们住哪。“现在我们六个人睡一间屋子，”阿迪娜说，“地下室和屋里一个角落还不停渗水。就在我脑袋旁边，整晚整晚地滴水。我让他们帮我修修，可是没人帮我。”

广场上有个蓝警抓住一个小孩的衣服，他的后背露了出来。“你把自己弄伤了？”索菲娅问我。

“他牙不好，”鲍里斯告诉她，“你闻到他嘴里的味道了吗？”

我把鲍里斯所做的一五一十告诉了其他人。

“用一块砖？”听完后，鲁特克问我。

“在头上砸了一下。”我说。

“真是厉害。”阿迪娜说。

“我估计那个男孩活不成了。”我说。

“他早该明白，偷别人东西不应该。”鲍里斯说。

“那你觉得那帮人现在不会来招惹我们了吧？”索菲娅问。

“他们敢来，小心脑袋上再挨一块砖。”鲍里斯回答。

“鲍里斯你真行。”阿迪娜说。

“你刚刚都说过一遍了。”鲁特克告诉她。之后我突然明白，为什么鲍里斯会带我一起去而不带鲁特克了。

“那人可能真的死了。”我又嘀咕了一遍，但他们看起来都在想别的事情。

“我们还坐在这儿干吗？”阿迪娜问。

“我们在等对方给我们确认消息。”鲍里斯回答。我们要更改交易地点，已经让一个小孩把字条给对方送了过去。

我问索菲娅她父亲是不是还在为布鲁兹姐妹伤心。

“你不是不关心吗？”她问。

“我刚刚不是问了吗？”我说。

“沙玛真是可怜，”鲍里斯说，“没人觉得你会在乎别人。”

索菲娅说她爸爸现在好多了，只不过汗卡·纳西斯卡还日夜为那件事伤心流泪。“她看到我跟你在一起，说我就好比那饭锅里溅出来的一点饭渣。”索菲娅对鲍里斯说，他听后笑了。

“你们俩在一起干吗了？”我问。

“汗卡说她会让我的口味重新变回犹太人，”索菲娅对鲍里斯说。“她把一块从冒着蒸汽的锅里拿出的石头放进我嘴里，但是我叫了出来，实在太烫了，接着汗卡把石头稍稍冷却，重新放进了我的嘴里。”

“这样你的嘴巴就又变成犹太人的了？”鲍里斯问。

索菲娅将自己的视线从鲍里斯身上移开，揉了揉眼睛。阿迪娜捶了下鲍里斯的胳膊。“我们几个中间没一个好犹太人。”索菲娅说。

“好犹太人都会买我们带过来的东西。”鲍里斯说。

“你哥哥怎么样了？”阿迪娜问索菲娅。

“你哥哥呢？”索菲娅说。“最大的那个。”

“周一到周五他自己做祷告，放假的时候他就去做公共服务，”阿迪娜说，“当然，是有活儿可做的时候。你的叔叔们不信教吗？”

索菲娅说有个叔叔倒是去教堂，不过他不祷告，只是坐在那儿。另一个连去都不去。不过安息日的时候他经常给他们带条鲤鱼或者捎只鹅。

有个还没通过大门的小孩开始朝我们走来要糖果，鲍里斯瞪了他一眼，把他吓了回去。

“沙玛他们家只住进去了四个人，”阿迪娜愤恨不平地说，“我们家都快搬进一个村了。”

“他们家本来可能比现在惨得多，”鲍里斯告诉她，“我家兄弟姐妹一共六个，其中五个还是婴儿的时候就死了，不然沙玛家现在可挤了。”

“你妈妈真可怜。”索菲娅说。

“瞧瞧这个唯一活下来的儿子。”鲁特克说。

“我过去常跟妈妈说，担心自己不会有孩子，”索菲娅说，“妈妈就对我说，一定会有的。那我就等着看看吧。”

“说不定今年就有了。”鲍里斯说。鲁特克笑了。

“我老家女孩子们都很野，可并不聪明，”阿迪娜说，“有段时间我一直以为和男生亲一下就会怀孕。”

“亲一下我你就会怀孕的。”鲍里斯说。鲁特克和阿迪娜说他吹牛。

“我能长成个正常人，真是个奇迹，”索菲娅说，“如果现在我算得上正常的话。”

“你可不正常。”鲁特克告诉她。

“反正我知道你不正常。”索菲娅对鲁特克说。

一个工作队从大门口回来了。三个哨岗的士兵花了半小时检查每个人的文件。我们的父亲不在里面，我的哥哥们也不在。

“你在金德的假日剧目中演过戏吗？”阿迪娜问鲍里斯。看到他的神情后，阿迪娜说她只是问问。

“你有病吧！”鲍里斯回答。

之前被扯掉衣服的小男孩挨了一顿打，在广场上尖声哭泣。他在广场上蹲了下来，车辆只好绕着他走。他努力想够到背部刚刚被弄伤的地方。

“本来都够乱哄哄的了。”鲁特克说。那孩子不再哭喊，只是啜泣，他蹲在地上，一直没站起来。

“我去看看什么情况。”鲍里斯最后说。他站了起来，穿过大街进了药店。

“他要去干吗？”阿迪娜问。

“从二楼能看到墙的另一边。”鲁特克告诉她。

几分钟后鲍里斯回来一屁股坐了下来，双脚抬了起来。“他在那儿，”鲍里斯说，“我不知道他在等什么。”

蹲在地上的小男孩终于站了起来，一跛一跛地朝我们走来。

“来得正好。”鲍里斯说。

“给我糖果。”小男孩站在我们面前说道。哨岗没人注意到我们。

“把他的那颗糖给他。”鲍里斯对索菲娅说。她从挂在裙子腰带上的袋子里掏出一块糖递给小男孩。

“应该给我两块才对。”小男孩说。他的眼神很迟缓，这让他看起来更丑了。

“为什么要给你两块呢？”鲍里斯问。

“因为我都被人打成这样了。”男孩回答。

“照你这么说，我还应该得到一只烧鹅呢，”鲁特克告诉他，“不是你想要什么就能得到什么的。”

“我要两块糖。”男孩重复道。

“赶紧滚，否则我让你尝尝再挨一顿打是什么滋味。”鲍里斯对男孩说。

“我会报警的。”男孩回答。

鲍里斯站了起来，一只手掐住男孩的脖子，把他从地上拎了起来。

“你们在干什么？放下他。”这时我们听到有人在喊，在威胁我们。

是科扎克，那个老医生。“你们应该感到羞愧。”他说。科扎克把鲍里斯的胳膊从男孩的脖子上拉开。索菲娅和阿迪娜也站了起来。

“快滚，老头子，”鲍里斯说，“我都闻到伏特加的味道了。”

老人挺了挺身子。我什么气味也没闻到。接着他说：“注意了，我说的话总有一天会派上用场。”

“他就是那个‘老医生’，”阿迪娜对鲍里斯说，“福利院就是他掌管的。”

老人什么话也没说，好像阿迪娜的话能让鲍里斯对他多一分尊重。

“那你是来教训我们的，还是有什么高见？”鲍里斯说。

“我想提点建议，”科扎克回答，“我希望你以后能离这些孩子远点儿。离所有的孩子都远点儿。”

“凭什么你说了算？”鲁特克问。

“我为我们朋友的失礼感到抱歉。”索菲娅对科扎克说。

“米特克，快回家吧。”科扎克对小男孩说道。躲在老人后面的小男孩听了他的话挪起步子来，他们看起来倒真像一对父子：老人戴着脏兮兮的眼镜，没了上衣的孩子有着一双懒散的眼睛。

“你的裤子跟要饭的似的。”鲍里斯说。

“要饭的都不穿这样的裤子。”科扎克回答。

“你知道我是怎么找到这个孩子的吗？”鲍里斯一边说一边朝小男孩点头，“在垃圾堆里找到的。你还是回家管自己的孩子吧。”

“去打听打听，那些挡过我道的人会告诉你，我踢人还是很痛的。”科扎克回了一句。

“这个老家伙是在威胁我吗？”鲍里斯问索菲娅。

“咱们走吧，鲍里斯。”阿迪娜对他说。

“我们让你做过什么事，小孩儿？”鲍里斯问。

“你不在乎会发生什么，”科扎克对鲍里斯说，“也不在乎谁会受到伤害，只要你能得到自己需要的东西就行。是这样吧？”

“你是你们那块地盘上的大人物，居然还来教训我们？”鲍里斯说。

“我们的地盘？一个犹太人能有什么呢？”科扎克回答，“我们从来没有拥有过什么东西。”

“好吧，那些房子可能是别人的，”鲍里斯对科扎克说，“但是街上得归我们管。”

“归你管？”科扎克说，“看看周围吧。”

“我们管得挺好的。”鲍里斯回答。

“别再碰我的孩子们。”科扎克又说了一遍。

“回你的孤儿院，”鲍里斯告诉他，“给大家分粥去吧。”①

老人转过身来，看着我们几个。“这世上只要有一个作恶的，就有一个行善的。”他说。说完他离开了，把孩子扛在自己肩上。我们一直在等的那个小男孩终于通过大门，告诉我们，新

① 原文 dish out，口语中常带贬义。

的交易安排可以进行了。

每天早上，妈妈都盼着我去犹太警察局总部，看看里杰金能不能提供什么有关爸爸和哥哥们的消息。有时我得在那等到中午，里杰金才有空见我。他告诉我，爸爸和一个哥哥还在一起，他们在拉克维卡街的纳粹劳动营还有斯鲁泽维街的装甲兵营里做过工，主要工作是把煤块散在小镇外的铁道上。里杰金还说，他推测爸爸和哥哥可能还做了些修路的工作。目前这些他们都还没拿到报酬，因为犹太委员会在发工资这件事上总是拖拖拉拉，但他们有面包和萝卜吃。里杰金猜，爸爸和哥哥现在可能在坎皮诺斯森林的一个军营里。至于我另一个哥哥和鲍里斯的爸爸在哪，里杰金就不清楚了。他还告诉我，凡是家中主要劳动力被送到劳动营的，都能从犹太委员会那里得到一笔补偿，不过他并不清楚谁来负责这件事。里杰金说，我已经十三岁了，到了登记加入他们的组织年纪。不过关于这点，我并没有跟妈妈说。

里杰金说除了已经告诉我的信息，他也不知道更多了。兹尔尼科本人曾和负责犹太人事务的纳粹军官，以及劳工局犹太劳工部的主任介入过劳动营的事情，他们承诺会为工人们提供更多食物和更好的条件。

一天早晨瓢泼大雨，我打开门，发现里杰金站在大厅，身后还站着一个纳粹党卫军军官。军官个头很高，军帽上套着塑料雨帽。他对我笑了一下，把雨水从雨衣的袖子上抖下来，将里杰金推到一边，用德语对我说早上好。他的声音听起来很高兴，就好像为自己耐心忍受一个犯错的孩子很久那样欣喜。军官又用波兰语问我会不会讲德语。我告诉他不会，他点点头，使劲蹭靴子上的泥巴，差点把门口的垫子弄成两半。

军官制服的左衣袖塞在皮带里，他没有左臂。他注意到我在看，就用波兰语对我说："打仗可没那么有趣。现在有没有觉得自己还挺幸运的？"

里杰金说这位是维多斯克中尉[①]，我向他问好，他似乎被我的语调逗笑了。

鲍里斯继续在我脚边的地板上假装睡觉。"我本想问问你们再进来的，但现在不是最好的时候。"德国人说道。

"他波兰语说得挺好，是吧？"里杰金问我。

"你叫安伦·罗兹基？"德国军官问。

"是的。"我回答。

"你能到大厅来吗？"他说。

"安伦！"妈妈在厨房大叫。

我走了出去，德国军官关上我身后的门。走廊里的窗户碎了，外面的雨声听得也更清楚。有家人住在窗户下面，他们扯了块挡板避开雨水，还放了一个木桶来接上面流下的雨水。

德国军官说，他想让我去他正在泽拉左纳街上设立的一个办

① 维多斯克的职位是纳粹德国准军事组织"亲卫队"上级突击队的领袖，相当于德意志国防军中尉。

公室。那里已经有十二个犹太人了，里杰金推荐了我。

我在那地方要做些什么呢？我想知道。

“都是一些关于犹太人的事情，”德国军官说，“你的这位朋友也参与了，就是他向我推荐的你。”他重复了一遍。

“推荐我干吗呢？”我说。

“假如你能对周围的世界保持一种兴趣的话，总有更多的东西等着你去发现。” 那个军官回答。我看着里杰金，他抬了抬肩膀。

“或者你也可以在劳动营里工作，”德国军官又说，“你有自己的工作证吗？”

“我还没登记。”我回答。

“我说的那个办公室在泽拉左纳街 103 号，”他添了一句，“如果还有别的问题，可以问你的朋友。”

“也没什么需要你知道的东西了。”里杰金说。

“哦，对了，”德国军官准备离开，他打开门，我妈妈和鲍里斯的妈妈呆呆站在屋里，“能给我一些你们犹太人的圣书或者类似的东西吗？”

我们互相看了看。“一件东西？”鲍里斯的妈妈问。

“一件你们信仰的东西。”德国人说。

“一件他们信仰的东西？”里杰金说。

“我想用来护身，”德国军官说道。看我们还站在那里，他又说：“我之前从科隆带了一个，可你们看看，那件东西丢了之后我成了什么样子。”

鲍里斯的妈妈从门口走开了。我妈妈还在盯着。“早上好。”那军官对我妈妈说。

鲍里斯的妈妈拿来了一本门柱圣卷[1]，递给了德国军官。

“谢谢，”他拿到的时候说，“再见。”

鲍里斯一整天都很高兴，因为墙外的一个线人告诉我们，很多面包都被偷运进了犹太区，外面因此面包短缺。佩尔兹扎德街上，鲁特克过去在墙上凿出的通道开了又封，封了又开，人们因此给它起了个名字，叫“不死洞”。德国人把盖住洞口的牲口棚清干净了。鲍里斯说，这个洞证明世界上只有三种不可战胜的力量：德国军队、英国海军，还有犹太人的偷运行动。

卡洛迪纳街上的守卫又想出了一种捞钱的办法。他们在离宵禁还有二十分钟的时候宣布宵禁，每人收二十兹罗提用来调准手表时间，然后才允许你通行。我们于是又重新利用起了那个“不死洞”。鲍里斯和其他帮派商量制定出了一张时间表，恰好能让我们在宵禁前后使用那个通道。我们在通道里穿来穿去，两人一对地做交易。要是后面的一对没跟上，我们也不等。

天气不好的时候，索菲娅就把鞋子用鞋带拴起来，挂在脖子上穿过通道。她说这是因为那双鞋很合脚，要是坏了就再也没有

---

① 犹太教经典。

合脚的鞋子了。

德国军官和里杰金走后，鲍里斯也没有提起他们。他刻意不去关心我妈妈有多沮丧，但是四天后我们下楼的时候，他叫住我，问我是不是打算继续装作一副若无其事的样子。我问他到底在说什么。

“你觉得他们会轻易放过你？”鲍里斯说，“你真的想在那个独臂军官的啤酒里撒尿吗？”

“我会去的。”我回答。

“别总是那么傻，”他说，“这些人的手里可握着鞭子，他们掌握着一手信息。”

“什么信息？”我问。

“什么信息都有，”鲍里斯说，“比方说，哪里的物价会暴涨，哪些通道会启用，都有谁参与，还有德国人什么时候、会进攻谁。”

“这些我都知道。”我告诉他。

“动动脑子吧。”鲍里斯说。

“我说了我会去的。”我回答。

“那就去啊，”他说，“别杵在这了。”

到了里杰金那儿之后，发现他并不在。他们让我先在大厅里等着。房子大而华丽，地板是大理石铺成的。人们走路时脚步声都在屋子里回响。黄警走来走去，唯一的犹太男孩介绍说自己是擦鞋的，叫亚兹科。他和几个三轮车夫一起坐在前厅里，正对着我。那些车夫负责在犹太区载德国人。整个早上劳工都在忙着把几乎一整个厨房搬进来，下午又搬进来一把理发椅，还有其他各种各样的箱子。我来之前没吃早饭，于是问他们有没有吃的，可是没人搭理我。后来我又跑进去两次问到底怎么了，但他们都只是让我继续等。第四次的时候他们让我明天再来。结果下楼就碰到了里杰金，他让我星期五再来。

我们再次来到那个洞口时，一个德国士兵站在洞前，穿着工作服的犹太人正从一个装满金属片的手推车上卸东西。旁边的楼顶有些倾斜，遮住了老虎窗，躲在里面不会被街上的人发现，于是我们上楼去观察。这个地方我们一周前就发现了，楼上看门人的屋顶有个洞，我们可以从那里爬过去。我们个儿头合适，刚好能夹在两扇老虎窗之间，于是总能有个人盯着下面发生的事情。

洞口另一边有人接应，他会用金属片盖住洞口，再用水泥钉钉上。锤子砸在金属片上的声音很刺耳，索菲娅受不了，便用手捂住耳朵。

“这些金属刚好能补上洞口。”鲍里斯看了一眼之后说。他点着一根烟。烟头是他从大街上捡来的，用个大头针别着串在一起，吸得一点不剩。

“这风吹着真舒服。”阿迪娜说。

我们几个就待在原地给索菲娅过生日。鲁特克说自己也快十三岁了，阿迪娜提议我们把自己的祝福写在纸条上送给索菲娅。

索菲娅接过我们的纸条，一个个念给大家听，再把它们折起来放进腰带上的布袋里。我给索菲娅的字条上写着：*你是我认识的人中最善良的一个，谢谢你让我们更快乐。*

接着就开始拆礼物。鲍里斯把抹了糖的樱桃用报纸包好送给了她。鲁特克送了她一条绣着星星的围巾。阿迪娜带来了一罐果酱。我送了索菲娅一本黑色的小书，封皮上写着*我的日记*四个字。

索菲娅对我们的礼物表示感谢，提议大家一起吃樱桃。她说，这是她有生以来最开心的生日之一了。“我知道这么说有些难以置信。”索菲娅说。

索菲娅说她小的时候，全家人还住在以前那间漂亮的房子里。她妈妈不让她跟院子里其他小孩一起玩耍，所以有次过生日，她走到阳台上，朝楼下扔剪纸和手工玩具，对着下面的孩子喊：“嗨，你们快接住啊！”然后看着他们玩耍。有个孩子甚至用粉笔在楼梯井上写道：*索菲娅是个疯女孩。*

“那倒也挺有意思的。”阿迪娜说，接着又问索希身体怎么样。索菲娅回答说，要是家里人能想办法让妹妹开心点，可能索希会好一些。他们家搬进聚居区里面的时候，索希没有把自己心爱的抱抱熊一起带上，因为虽然她不知道会搬到哪儿，但一定不会是个好地方。

“哈，这个生日故事也不错。”鲁特克最后说。

“现在她有个新的抱抱熊了。”索菲娅对鲁特克说。

阿迪娜说，去年自己过生日的时候被人逮住了。一个波兰女人在雅利安区抓住了她，还对着整条街的人大声嚷嚷，说她长了一个犹太人的鼻子。索菲娅问后来呢，阿迪娜说，当时根本没人理她，她于是就对那女人喊道："那你的鼻子是什么样呢？照照镜子吧！"听到这话，那女人放开了阿迪娜，灰溜溜地逃走了。

鲁特克说他饿了。索菲娅说，现在他们家喝完汤，哥哥里昂总是把锅端起来把底都舔干净。

阿迪娜说法国人喜欢油炸土豆，不喜欢水煮的。索菲娅听了说，油炸土豆一定很好吃，鲍里斯说，话是不错，不过好油完全可以派上更大的用场。

我和鲍里斯回头看了看下水道旁。刚才那个穿着工作服的犹太人活儿已经干完，跟着德国兵一起离开了。现在洞口已经被另一伙人围了起来。有个小孩儿手里握着撬棍把金属片从砖块上撬开，正如鲍里斯说的，水泥钉很容易就被拔出来了。金属片被撬掉，一个德国军官和三个黄警神奇地出现了。有两个小孩试图爬过洞口，这时墙的另一边突然有人喊了起来，他们就被拽了回去。被抓住的孩子们按照德国军官的命令，靠着墙站成一排。那个军官只有一条胳膊。

"是那个去你家的军官。"鲍里斯说。

"我知道。"我回答。

军官让那些孩子们把自己身上的钱都交出来，他清点了一遍之后，告诉他们这些钱都得上交，因为他们偷运东西。那些孩子就挨着墙边站着，一动不动。这时军官看到，有个年老的犹太人正慌忙穿过一个街区之外的大街，便把他叫了过来。一个黄警穿过马路把那个犹太人带过来。从我们这里能看到，老人身体都在发抖。

“您多大年纪了？”军官问。六十六了，老人回答。随后军官数了六十六兹罗提塞进老人的上衣口袋里。“走吧。”军官说。

德国军官又对刚才那个黄警说了几句话，黄警便走开，又带回三个犹太人。和刚刚一样，军官问了他们年龄，并按年龄给了他们钱。只不过最后一个女人说自己五十岁了，军官数了数，自己只剩四十八兹罗提，于是就对她说，这会儿你就四十八岁吧。女人离开后，军官转身对那些偷运东西的小孩说：“我是个善良的德国人，是吧？”小孩们应声说“是”，军官便带着黄警们离开了。他们刚一走出那些小孩的视线，其中三个就迅速跑开了。

星期五我在里杰金那里又等了三个小时，亚兹科，也就是那个擦鞋的小男孩跑出来告诉我，里杰金让我下周一再来。周一的时候我终于见到了里杰金，他把我带进了那个挨着卫生间的办公室。他坐在那里，一副“全波兰都在我手中”的样子，问我在想什么。我说，房子前厅挺漂亮的。

里杰金告诉我，维多斯克，也就是那个德国军官，还有安全局的其他几个德国人正在筹划成立一个打击犯罪的专项小组，里杰金已经打算将我纳入其中。“他们的主要工作是规范那些偷运者的行为，而不是抓他们，”他说，“你也明白，德国人就是喜欢让一切都掌握在自己手里。”

“可我什么都不知道。”我说。

“那是你的立场，”里杰金说，“但是你肯定也知道现在流行的一个笑话。大街上两个犹太人碰见了，一个对另一个说，‘从数据上来看，我们俩其中一个肯定在跟德国警察作汇报呢！’”

“这个笑话我听说过。”我回答。

“当然，这份工作没有工资，可是有其他的好处，”里杰金继续说，“比如说，你在劳动营里就有地位了。”

“可我还是不知道该干什么。”我说。

“目前没什么可干的，”他说，“也许得做几次小报告，也许连这个也没有。”

我坐在椅子上，里杰金盯着我。他坐在桌子后面，距离远，人看起来很小，就好像跪在地上似的。我听到窗外有人在拉手风琴。

“我现在能离开了吗？”我问。

“不行。”他说。

接着里杰金开始看他面前的文件。他签了两份，看第三份的时候发出一声嘲笑。里杰金站了起来，绕到桌子前面，说自己刚换来一双新靴子，接着便在屋子里走了一圈，弯弯腿，好让靴子穿起来更舒服。

“你听说了吗，德国人已经到列宁格勒了。”他问。我摇了摇头。

“希特勒看着天堂的耶稣对圣彼得说，瞧啊，那个犹太人不戴臂章在干吗呢？圣彼得告诉希特勒，离他远点，他可是上帝的儿子。”里杰金说。

我们俩都沉默了一会儿，之后我说：“这个笑话不错。”

“你就像那些店家一样，把东西藏在衣服里面，只有认出哪些是顾客的时候才走上去，”里杰金说，“我就喜欢你这点。”

“谢谢。”我回答。

“咱们必须团结在一起，”里杰金说，“看到德国人把我们搞得四分五裂的，实在太让人伤心了。”

“我现在能走了吗？”我问。

“还记得你第一次看到犹太人的商店前写着‘犹太人勿入’的时候是什么感觉吗？”他问。

这时一个警察推门进来，对里杰金说克萨普林斯基兄弟中的一个来了。里杰金给那警察扔了两盒香烟。警察又说来的那人也抽烟，于是里杰金又扔了两盒。“他们俩过去都是律师，是吧？”警察问。

“我想是，”里杰金回答，“在罗兹的时候。”

“这就像个律师协会。”警察说。他说梅勒也是个律师，他还在找自己妻子一家人被送到哪里去了。“波兰人总抱怨说我们受到了优待，因为他们都被送到国外去了，我们至少还能在祖国工作。”那警察对里杰金说。

“告诉那些‘街头手风琴师’。”里杰金对那警察说，之后那警察就离开了。

“‘街头手风琴师’是谁？”我问。

“那是他们对犹太委员会的称呼，”里杰金回答，“你也知道，给街头手风琴师扔一块硬币，他们就会演奏一段音乐。猴子也会随之起舞。”

里杰金弯腰整了整自己的靴子，整理好后他绕回桌子后面坐了下来。“怎么样，决定了吗？”他问。

我们俩都不说话，静静听着钟表分针移动到下一个位置。“我会做我能做的事。”我回答。

里杰金说他之后会找我，让我先走。下楼的时候，一辆长型黑色的小轿车停了下来，前面坐着两个德国人，后面坐着三个有胡子的犹太人，他们的眼神充满恐惧。当天晚上，我告诉鲍里斯自己加入里杰金他们了，鲍里斯高兴得拍了拍我的肩膀，说我的选择很明智。这样的话，说不定我们能比别人快一步得到些消息。

那个叫汗卡·纳西斯卡的德国军官染上伤寒死了。索菲娅的叔叔伊卡威兹也是。接下来的几个星期，里杰金帮爸爸还有哥哥带来几条口信，他还告诉我们，爸爸和哥哥要被转移了，但不知道要转移到哪里。妈妈让我把他们转移的地点搞清楚，多跟着里杰金，直到搞清楚为止。大街上，分发食物的施粥厂也越来越多了。到了九月，里杰金带来消息说聚居区的规模会进一步缩小，十月份一些学校就可以复课了。他让我们几个帮他贴大标语，禁止犹太人离开给他们划分的区域。

“这到底是什么意思？”我们拿到标语海报的那天索菲娅问道。贴完之后就明白了：洞口处，德国兵还有蓝警突然出现，吓了我们一跳。其他人都逃脱了，我却被一个波兰人从脖子后面抓住。别的团伙也有三个孩子被逮住了。那个波兰人从后面踢了我一脚，把我放走了，我听到他说：“这个孩子太小，别打死他了。”其他孩子则按命令把口袋里的东西都交出来，靠墙站着。我赶快跑开了，在拐角的时候听到他们开枪的声音。后来，那些被打死的孩子的尸体一个一个被摞在墙边。

和妈妈一起从商店回家的时候，我们突然听到几声枪响，妈妈赶忙把我拖到了人行道上，用胳膊护着我。晚饭的时候妈妈告诉我们，有人在诺瓦里扑克大街墙边发现了四具尸体。

“好多人都感染了伤寒。”鲍里斯说。

妈妈说，他们是因为偷运东西才被打死的。

“那我们再也不干了。”鲍里斯对我妈妈说。

“真的？”妈妈问我。

“我们已经决定不做了。”我回答。

鲍里斯说现在偷运东西太危险了。有个油漆工在上班的路上被德国兵叫住，德国人让他把“不死洞”填上。结果那个德国人离开后，又有一个德国兵来了，看到一个犹太人正在墙里拆洞，当场就把他打死了。鲍里斯妈妈问“不死洞”是什么，我们就解释给她听。

两天之后洞口又开了。我们已经对这个洞口不抱什么希望了，但听说有个德国人用扩音器对大家宣布，要是第二天中午之前这个洞还没有被封上的话，就要打死三十个犹太人。我们还听说那个德国人走后，偷运活动照常进行，他也没再回来过。

鲍里斯被抓住了。他说那些德国人准备开枪打他的时候，一群小虫子飞进了他的眼睛和鼻子里，也正好干扰到那两个德国人。鲍里斯靠墙站着，那两个人吵来吵去，不知道为什么就没管他。

阿迪娜和索菲娅抱了抱鲍里斯，鲁特克说他这叫自找麻烦，鲍里斯没被打死的唯一原因就是他个子太矮，子弹打偏了。

索菲娅说：“我觉得我们不能再做下去了。”

鲍里斯说：“做什么有分别吗？总得吃饭啊。”

“该想点别的方法了。”阿迪娜对鲍里斯说。

“你说得对，”鲍里斯的语气听起来就像在跟小孩说话，“就这么办。”

我们喜欢在梅勒柯娃娜夫人的婚姻介绍所外面碰头，因为她允许年轻人待在院子里，那里还有个凉棚。有天早上，阿迪娜、鲍里斯和我等了一个小时鲁特克才来。他跑得满头大汗，帽子前檐都被汗水浸湿了。他说索菲娅昨天午夜突然出现在他的窗户前。她一家准备上床的时候听到楼梯里有靴子的声音，宵禁之后出现这种声音总是不祥的预兆。索菲娅的妈妈开门之前把她和里昂塞进了床底挖出的空间里。那些德国人忙着搜东西，他们只顾着搜从床底下拽出来的箱子，把箱子里的东西都翻了出来。索菲娅和里昂没发出一点声音，不过他们听到了索希的哭声，杰希尔和他们的爸爸在阻挡德国人，爸爸还把自己扫帚工厂的事告诉了那些德国兵。妈妈对着德国兵喊道“马上就来”，好像在跟索菲娅还有里昂告别。他们俩就这样藏在床底下，等大家都离开之后才爬出来，结果到大街上撞上了更多的德国人。他们被德国人追赶，索菲娅对着里昂喊，让他朝着一个方向跑，自己则朝着另一个方向跑。里昂问索菲娅“为什么要那样跑”的时候被德国人抓住了。她一整晚都在为这件事流泪，那也是里昂对索菲娅说的最后一件事。

阿迪娜又问鲁特克为什么会去找他，鲍里斯说因为距离最近。阿迪娜说我们得去找索菲娅，但鲁特克说索菲娅不在他家，他爸爸已经让她走了。谁知道那些德国人为什么把他们都抓走了？谁又知道他们有多惨？鲁特克已经把索菲娅送到了他妈妈一个老朋友家里，那家人蛮不情愿地收留了她。

我在社区厨房里待了三天给瓜果去皮，妈妈也和我在一起。后来阿迪娜告诉我索菲娅想见我。阿迪娜把地址给我，说她已经去看过了，那家人白天都在制鞋厂里工作。索菲娅说我只要按三次门铃就好，然后站在街上她能看到的地方。

索菲娅待的那家人家，房子的水槽里放着水盆，高高的衣柜上面放着一个上了锁的兔笼。

“女主人把面包放到那么高的地方，以防我在他们睡觉的时候偷吃，”索菲娅说，“晚上我只能站在那里闻闻面包的香味。”

“他们不让你吃饱饭？”我问。

“我饿得都开始啃自己的膝盖了。”索菲娅说。她说那家人对她就像对待狗一样。鲍里斯给这家人带了一些麦糊过来，结果他们当着她的面把东西都吃了。

我说我们可以再给她带点食物。索菲娅说，她在这里做家务，努力保持平静，少说话，表现得像个大人，可她总是忍不住想妈妈，希望妈妈赶紧来这里把她带走。她努力让自己不再哭个不停。索菲娅托我找黄警的朋友帮帮忙，打听一下她的家人被带到了哪里。

“那个人不是我的朋友，”我对索菲娅说。

“求求你了。”她说。索菲娅说自己总是在想里昂那时有多勇敢，说你绝对想象不到一旦德国人把你关在一个屋子里，他们会有多狠。

我找到里杰金，一开始他对我说他也没什么消息，我赖着不走，最后他只好说回去打探打探，看能不能得到什么有价值的东西。第二天里杰金说，索菲娅的家人已经被送到了乡下。他们会被送走是因为这是德国人的新举措。他们不会再回来了，会在那边被重新安置。阿迪娜把这些话传给了索菲娅，索菲娅决定去找她的家人，她需要我们所有人一起帮她尽快逃出聚居区。

鲍里斯提出我们应该一起帮助索菲娅，这让大家很惊讶。鲁特克说，我们一直都能顺利渡过难关，这次有什么难的呢。鲍里斯说难处在于，我们要尽量躲开那些爱敲诈的人，同时她还得再找个新的住处，因为她妈妈的朋友对索菲娅不好，连饭都不让她吃饱。鲍里斯在一天之内就为索菲娅找到了新的住所，阿迪娜趁街道车最多的时候把索菲娅带到了那里。

索菲娅离开的前一天，我们几个都去跟她告别。住处的女主人让我们一个一个进去，以免惹人注意。鲍里斯是第一个进去的。阿迪娜说她想最后一个进，鲁特克说自己完全没必要进去。

一个穿着红花裙子的女人打开门让我进去，自己去了浴室。索菲娅裹了三层衣服，脚上穿着那双她说很合脚的鞋。她尽力让手贴着身体，可是衣服还是会飘起来。她说常有德国人来这儿，所以自己只好藏在卫生间后面狭小空间放着的澡盆里。她说一直有德国人来用这里的卫生间。

我问她东西都准备好了吗，她说鲍里斯给她找了一个人，那人说她长相不错，他愿意给她一些钱，让她和自己的女儿一起逃出聚居区。我问她长相不错是什么意思，她说就是不像犹太人。

索菲娅还说，那人的妻子已经在澡盆里把自己搓了个遍，中间换了三次水。她丈夫说可以让女儿假扮成索菲娅的妹妹。他本来在为她们两个人准备文件，原本两天前就可以离开。他把她们带到紧邻雅利安人区的一家药店的地下室，在那里等一个人，可是那人没来。索菲娅说现在有了新计划，一位车夫会在黄昏时分驾车来，把她们藏在被褥下面，然后把她们送出去。

“别走，”索菲娅还在说话，我突然冒出一句。“留下来。”

看到我那么伤心，她有些吃惊。“我不该去找自己的家人吗？”她问。

“谁知道他们是不是真的在那里呢？”我问。

“要是他们不在那里，会在哪呢？”索菲娅又问。她盯着我，就好像我故意不告诉她实情。

“可那边你一个人都不认识。”我说。

索菲娅说她认识。我问是谁，她没作声。接着她说，新的孩子帮里有几个参加过青年运动，后来德国人来了，他们就解散了。

“那他们现在又回来干吗？”我问。

“来帮忙啊。”她回答。

“帮什么忙？”我问。

“你不用知道，”索菲娅说，“你也别拉着脸了。他们跟那边的人还有联系。”

我又问，她口中的安特克是不是之前就参加过青年运动。看出来我知道一些，她有些生气，后来就承认了。我们俩人就像木偶剧里两个陌生人似的坐在那里。

“你一定要走吗？”我又问了一遍。

索菲娅盯着我，仿佛我说了什么不该说的话。“那我就该把里昂丢下不管吗？”她问。“索希呢？我妈妈呢？她们该怎么办？”我沉默了。

“这辈子，周围的人从来没关心过我。”索菲娅又说了一句。她很惊讶自己如此失落。

“你明白我在说什么吗？”索菲娅问我。见我没应声，她说，你把阿迪娜叫进来吧。

“你难道没有别的话跟我说了吗？”我问。

“安伦。”她的声音透着一丝疲惫。

“嗯？”我说。

“你是个好人，”她说，“好好保重。”索菲娅抓起我的手，用力握了握。

下楼梯的时候我突然停住，想转身回去，可又觉得这样不合适，我已经不是过去的那个自己了，而当时，她也未必喜欢我。

当天晚上大家都睡着之后，我悄悄爬上妈妈的床，她很吃惊。她身上的味道就像火炉里的白菜和煤块。“做噩梦了？”妈妈问，声音还带着一丝睡意。她伸手挠了挠我的耳朵。

“我不哭。”我对妈妈说。她把我揽过来，头抵住下巴。她说我是她的好孩子，我搂着她的胳膊。第二天早上醒来的时候，我发现床已经被自己弄湿了。

“有事找你，兄弟，”我刚出门来到大街上里杰金就叫住我。我本来是要找鲍里斯的，他比我起得早。“我帮了你，现在该你帮我了。”

他想知道我们几个那天要去干什么，因为他自己也有规定任务要完成。我说不明白他是什么意思，里杰金说，我已经听够了你总说自己不知道，能不能直接回答问题。告诉他我们有可能去哪里之后，他谢了我就离开了。一个小时后两个蓝警出现，当场逮住了我和鲁特克，我手里还攥着一个麻袋，里面装着大头菜。蓝警就这样把我们还有大头菜扔进了汽车后备厢。

蓝警把我们带到了聚居区外的一栋大楼里，大楼两侧立着两根高高的柱子，我们被带进了地下室。有个德国人坐在桌子旁，问蓝警带来的是什么，蓝警回答说，他们带了两个人来“坐电车”。我们被押送过一条又长又黑的走廊，进了一个房间，那里只有水泥墙，没有窗户。

靠着墙有两排带着扶手的硬木椅，这让整个房间看起来像个小教室。我坐一个，鲁特克坐一个，前面站着个男人，满脸是血，头发散乱。墙上画着乱七八糟的涂鸦。我的长椅旁有人在墙上刻了“JEZU[①]”四个字母。有人在鲁特克旁边的墙上画了一个表，还把数字6圈了起来。我心里并不害怕，却忍不住发抖，好像被人丢在了寒风中。

鲁特克问那个高个子男人我们在哪里，那人说这就是德国盖世太保总部，他们习惯把这间屋子叫做“电车”，因为它的形状

---

① 指耶稣。

很像。他说一会儿穿制服的女人过来的时候，我们可以要杯咖啡。

几分钟后有个穿制服的女人来了。鲁特克向她要了一杯咖啡，那女人再次回来的时候端了一大杯，里面还加了牛奶，从栅栏外递给了他。鲁特克给那个头破了的男人也分了一点。

“整个椅子都跟着你在动，”鲁特克对我说。

接着他说，鲍里斯说他来过一次，结果发现同住一个牢房的是在街上把自己指给德国人的家伙。

“然后呢？”我问。

“你说呢？”鲁特克回答。

“看起来他们是在等我们，”几分钟后鲁特克说。见我没应声，他说：“你听到我说的话了吗？他们好像知道我们会去那里。”

“你说他们审讯完还会让我们走吗？”我小声问。

“我怎么知道？”他说。

鲁特克又问我最近从里杰金那里有没有打听到关于战争的消息。我说没有。他说外面传言德国人在莫斯科和列宁格勒城外吃了败仗。满脸血的男人让鲁特克别再说话了。他给那人讲了一个笑话：拿破仑入侵俄国的时候穿上了一件红色的无袖短袍，以防自己受伤，希特勒则穿上了棕色的裤子来躲枪子儿。那人站了起来，尽量远离我们。

两个德国人终于拿着一份名单出现了。他们念错了我俩的名字，但我们还是举起了手。我们被带到后边一个没有窗户的院子里。一个士兵压着鲁特克的胳膊把他按在了墙上。

我们不知道他们听不听得懂波兰语。鲁特克问："难道你们真的打算因为一点大头菜就杀了我们吗？"按着他的那个德国兵开枪打死了他。鲁特克的脑袋重重地撞在墙上，兔皮帽掉在地上。他穿着木鞋，两只脚不自觉地滑向不同的方向。我吓得发出了声音，另一个德国人很反感，一下把我推倒。两个德国兵拖着我，经过那些有长椅的牢房，穿过等候室，把我扔到了大街上。

回家路上我的脚不听使唤，根本不知道该怎么走路。我在马路中间停了下来。帽子也丢了。一辆卡车驶来，大声鸣笛，最后有人把我拉到了马路边。

妈妈一天要问三四次到底发生了什么。过几天她又对鲍里斯妈妈说，除了靠在犁上等着摔倒以外没什么可做的。鲍里斯妈妈说大家也都这样。鲍里斯问我鲁特克哪去了，我说不知道。他姐姐总是哭个不停，鲍里斯让她别哭了，离自己躺着的地方远点。她使劲揉自己那受伤的手，努力让自己平静下来。妈妈又给自己找了个活儿干，她用松节油和氨水把床刷了一遍来杀臭虫。但因为我不愿意跟她说话，妈妈还是很伤心。"有一天你会盼着跟我讲话的。"妈妈说。

有天晚上我起来和妈妈一起坐在厨房里。她不停地扇火，在打开的炉栅处挥着一块布，看着我挠自己身上的虱子。见我不再挠了，妈妈问我是不是饿了。我问有吃的吗，她说没有。

鲍里斯妈妈躺在自己的垫子上，黑暗中传来她的声音。她听说有些人饿死或者病死之后，房子里住进了难民。外边那么冷，那些人冲进屋里，把他们找到的家具都打碎再烧了。妈妈说，现在那些难民，只要你转过头，稍稍不留神自家房顶就没有了。

可总得有人管管他们啊。鲍里斯妈妈说。

别幻想在这里找英雄了。妈妈回答。

我让妈妈别太激动。她说我总是想知道她为什么伤心，可每个人待在这，不是死了就是等死。鲍里斯在楼道里偷笑。

妈妈说自己已经不年轻了。要不是为了我，她也没有力气再折腾了。

折腾什么呢？鲍里斯问。让大家都醒着吗？

妈妈说，我还待在她的身边，这是她唯一的"beshert"。我知道"beshert"是什么意思吗？

我不知道，我告诉妈妈。我已经不想再听她说话了。

"Beshert"就是"注定(meant to be)"，妈妈回答。她说她知道我需要她，即使我并不需要。妈妈穿着那件爸爸很喜欢的睡衣，虽然那件衣服已经不暖和了。可万一爸爸半夜回来了呢？我使劲揉了揉眼睛，有一瞬间什么也看不到了。

"你怎么了？"传来鲍里斯妈妈的声音，"这个时候这样做你妈妈心里好受吗？"

"你们都别说话了。"鲍里斯说。他姐姐突然小声哭了起来，他说，“你也闭嘴。”

我和妈妈透过炉栅看着里面的余灰。“我一边干活，一边担心，”妈妈说，“每天就这两件事。”

“对不起。”我说。

“我知道。”妈妈说。快睡吧。

我一整天都没有见到鲍里斯。他回来的时候气哄哄地站在我面前。我问他去哪了，他一拳抡到了我脸上。那天晚上他把我的睡垫扔进了妈妈屋里。妈妈问怎么了，我爬上了她的床。

第二天妈妈正在火炉旁洗漱的时候突然摔倒了，怎么也扶不起来。一开始鲍里斯不愿意帮忙，后来还是一起把妈妈送到了医院。一个自己也生着病的医生跟妈妈说，她感染了伤寒。妈妈顿时昏了过去。医院的人把妈妈抬到楼梯间的床上，旁边的一个病人告诉她，美国参战了。见妈妈没什么反应，那人有点失望。妈妈烧得很厉害，我站在她身边都觉得她身体发烫。见妈妈抖得厉害，其他病人都把自己的床移得老远。我坐在妈妈身边陪着她，她一直尝试遮住自己身上的味道，还不停地道歉。妈妈呕吐不止，她得不停起身，但也没有力气把身上的脏东西清理干净。她说不希望我也染上病，让我赶快离开，后来又让我留下来陪她。我对妈妈说，也有可能是我让她染上病的。

他们打算把妈妈转移到隔离病房，中途却把她留在了另一条走廊的垫子上。没人喂药给她吃。他们不让我待在这，可也没人注意到我还没有离开。一个怀里抱着孩子的女人大喊：“这可是医院啊！我真该把这烧了！”她怀里的孩子脸色发紫。

我们站在一间专门给孩子准备的隔离室外面。我朝里面瞧的时候，他们手都不动一下，只是躺在自己床上。

妈妈想让我把医院的地址再跟鲍里斯和他妈妈说一声，这样爸爸和哥哥们就知道去哪找我们了。她让我回家跟他们说一声，让我就留在家里，可等她睡着我又回到了医院。医院的人给妈妈喂了她爱喝的汤，还有喝下去需要吐出来的汤，虽然这她并不喜欢。那种汤之所以需要吐出来，是因为里面有没有脱粒的谷子，谷皮不能吃下去。

妈妈病了十天。“我心里难受，只想着自己，让你来照顾我。”有一天妈妈对我说。“又到假期了。”另一天她又抱怨道。我不明白妈妈在说什么，发烧也反反复复好不了。她问我还记不记得一些开心的事情，我说记得，她就让我讲些给她听。我讲了我们搬来华沙之前的事情。我告诉她，我记得有次在树林里野餐，厚厚的草地上乌鸦围着我转，她站在我后面，为我挡住刺眼的阳光。妈妈说她知道大街上发生了什么，因为她亲眼看到了。“你越来越像只小动物了，”妈妈说，“你会撒谎，会哄人了。”

我要求见之前给妈妈看病的那个医生，护士说他已经死了。医院的人又把妈妈推到了另一层楼的过道上，也没说为什么。“我想成为努斯科那样的人。”妈妈对我说。她用枕头擦了擦脸，想凉下来。妈妈问我知不知道努斯科，我说不知道。妈妈说那可是个好人，本事大又机灵。她说如果她是努斯科的话，那些生活不顺、遇到麻烦的人都会来找她。她愿意听那些人说话，她做的好事也会更多。

妈妈的病一直拖着不见好，外面刮大风，雨里夹着雪。风从门缝钻了进来，门檐上为迎接光明节[①]挂上去的装饰品也掉了。妈妈呼吸越来越困难。有时候我睡在妈妈床底下，但医院的人发现之后就会把我赶下楼去，我只好躺在前门医院创始人的画像下面。

“你跟我一样，”有天晚上她呼吸沉重，我们都醒了，“你想着，只要自己安安静静就不会有事。”妈妈的声音听起来很糟。我叫来护士给她拿了些甜菜酱和一杯烈酒。

喝过酒，妈妈的脸变红了。抿了几口后，她抬抬眼皮，显得很满足。妈妈问我想不想尝尝。我说第一杯都是给她的。她点点头。呼吸愈发沉重，听起来好像马在嘶鸣。

妈妈问我，要是她不在了，自己一个人生活会不会难过，能不能撑下去。我看着妈妈的脸，她真的会离开我吗？想到这个我开始慌乱，对她说我愿意做任何事。妈妈把酒放在地上，想坐起来。我没法从她的表情判断她有多难受，而我的话有没有让她好受些。

妈妈说灯刺眼，我走到大厅关了灯。一些躺在床上的病人和在走廊里弄文件的护士抱怨了几句。黑暗中，我再次看到了家

① 犹太教节日。

人：爸爸穿着他白色的休闲衫，妈妈，哥哥，还有我死去的弟弟。那一刻，他们的面孔都在我的眼前，晃着向我走来。

回家的路结了冰，很不好走。我摔了好几次。虽然已经宵禁了，天上却没了月亮，没人在这么冷的天出门，也没人看到我。我走得很慢，像在自己的葬礼上行进。到家后我停下了，已经没什么我该做的，也没有我能去的地方，只有家人的面孔还停在我的脑海里。

在我收拾妈妈床单的时候，窗户突然开了，鲍里斯正把我的衣服往街上丢。这时有人敲门，鲍里斯去开门，我也没心思管来人是谁。

我穿着睡衣站在那里，眨着眼，脚踩在地板上，冷冰冰的。鲍里斯的妈妈和姐姐也站在屋门口。

“让他一个人待着吧，”鲍里斯姐姐看着我说，“他妈妈刚去世。”

“现在我们也被隔离了！”鲍里斯对我吼道。他的样子像是要杀了我，像是正准备冲过马路，“你知道我花了多少钱才把我们几个弄出医院吗？”

“不能怪他。”他姐姐说。

“警察怎么会知道你和鲁特克在哪儿？”鲍里斯问我。“他们一直在那里等着，在你们到之前。我都看到了。”

我站在水池边上，用手揉眼睛。我不知道怎么让水龙头流出水来。“也许只是碰上罢了。”鲍里斯姐姐说。

“那些警察甚至没有一直盯着，”鲍里斯对他姐姐说道，“我问你鲁特克去哪了，你说不知道，”鲍里斯对我说。

他等着我回答。

“他才刚醒。”他姐姐说。

“怎么不说话了？”他问。

“沙玛只顾想着自己。”我告诉他。

鲍里斯盯着我。“要是跟你去的那个人是我，死的就是我了。”他说。

鲍里斯姐姐说她听不明白。鲍里斯把来龙去脉都告诉了她。我是个告密者。我为盖世太保工作。他姐姐吓得往后退了一步，看着我，好像我是个怪物。

“你把他赶到街上去，不怕他跟德国人告状吗？”鲍里斯姐姐问。

“不怕。”他盯着我回答。

我在下着雪的街上穿好了衣服，过路人也没觉得奇怪。我穿了三件衬衣，外面套上了妈妈给我煮过的毛衣。脚蹬进鞋里，袜子全湿了，不过没一会儿又变得暖和了。

我无处可去，只好整天四处游荡。

宵禁之后，我爬进一个遮起来的地窖里，挪了垃圾桶过来挡住风。可是这些都没用，还是很冷，我又跑去别的地方。

我来到了阿迪娜家楼下，路上碰到巡警就得躲起来几分钟。

我敲了敲她的窗户，一开始她连窗帘都不拉开，拉开后看了看我，却不让我进去。最后我站在大街上喊她的名字，她只好开个窗户缝，丢了些面包出来。

“你疯了吗？”阿迪娜喊道。“你想让我也去送死吗？”

“对不起。”我说。

“我就这么多面包了。”她让我以后别再来了，赶紧走远。我啃着面包，一边抽噎着。

天快亮的时候，我找到了鲍里斯埋伏另一个团伙头子的街区，在碎石下面找到了掩埋的地下室。黑暗中，我腾出了一块能躺下的地方。那个脑袋被鲍里斯用砖块砸了一下的男孩不见了。我待在那儿，饿得受不了就从街上摊贩或小孩子手里偷东西吃。看门人和搬运工见到我，就拿扫把把我撵走。渴了我就抓几把雪塞进罐子里融化了喝。有时我盖着毯子，一躺就是好几天。出去找食物的时候，饿着肚子的人们突然从各个黑暗的角落冒出来，偷偷跟在我后面。要是有人抢到了什么东西，其他人就会推倒他，把手里的东西夺走，另一个人再把东西抢走。东西一旦吃光，大家又垂头丧气地回去乞讨。

我尽力躲着别人，可大街上到处都是无家可归的孩子。年龄小点的，见到谁可能有吃的，就一直跟在后面。我尽量躲得很远，可还是被三四个孩子发现了我住的地下室，并告诉了他们的同伴。

那之后我只能漫无目的地到处游荡。我总是这样漫无目的。

后来在一家废弃的音乐厅的椅子中间睡下了。

天越来越冷。在街上，一个女人看到我的样子不忍心，便送了我一双长袜，让我套在自己的袜子外面，可是那双袜子的松紧带却断了。我帮另一个女人扛了一罐牛奶，到她家的时候，她多给了我一件外套。

有次我偷了一些烤土豆，好不容易摆脱掉了追我的人。安全下来以后，正好撞上了鲁特克的妹妹。

“天哪，你怎么成这样了！”她说。她突然哭了起来，问她哥哥到底怎么了。她说话还是结结巴巴，朝我踢了一脚。这时有黄警来了，她被朋友赶忙拽走，我这才发现自己摔倒了，双手和膝盖都浸满雪水。黄警站在我身上，用脚试探地推了一下。我抹了抹眼泪，有人趁机偷走了我的烤土豆。

天气渐暖，我的手脚灵活多了，却已记不清日子。经过一家治眼病的诊所时，我走了进去。每进来一个人我都让他排在我前面，好在暖和的候诊室里待上几小时。我还发现另一栋楼里重新开了文法学校，我走进去，坐在了后排。老师注意到了我，不过他好像知道我会出现在那里一样，并没有赶我出去。后来我透过窗户看到鲁特克的父亲从外面经过，我离开了学校，没再回去。

在妈妈去世的医院附近，我看到里杰金和一个警察拦住了一个人。我赶紧藏起来，直到他们走了再出来。

我在街上游荡着，每天晚上像蜘蛛一样到处找缝钻。不再考虑将来的事情，就这么来回走。

一次偷东西的时候，我被一个年纪相仿的男孩抓住了，当时他正帮他爸爸看店，发现我之后，他从柜台后面抽出一根棍子朝我打过来。我坐在地上哭，一边揉自己的脑袋，男孩找来绳子捆住我的手，又把我拴到他停在外面的车上。他握住车把手把我往前拖，我使劲蹭，努力挣扎着想挣脱绳子。男孩说自己受够这些小偷小摸的行为了，他准备把我交给德国人亲自处置。可绳结打得太松，我不停地蹭着，绳子断了他也毫未察觉，只顾拉着车子往前走，到了一条空荡荡的街上。我盯着他的后脑勺。男孩的妈妈也许正盼着儿子平安回家。我也可以把他从她身边夺走，就像妈妈从我身边被夺走一样。不过我还是在经过一条小巷的时候，扔下绳子跑开了。

我连这点事都做不好，我随后想。我背靠墙坐在人行道上。来来往往的人们经过时跨过我的腿。

宵禁时有人把我拎了起来。当时我正打瞌睡，浑身冻得发抖。他们带我穿过好几个街区，来到一间地下室，地面上的房子已经被炸毁了。我躺在垫子上，房间很明亮，四周很吵，乱糟糟的。墙上靠着用粗木板做成的床铺。那里有很多孩子，他们有的躺在地上，有的躺在床上，脏兮兮的，很吵闹。有些在玩扑克，有些在玩小刀。好像也没人管他们。

我的脚已经没有知觉了。“这个孩子情况不太好。”那个带我来的男人对另一个人说。我听出了他的声音。“这儿是个避难所，”他见我醒来后对我说，“宵禁后不想在街上晃悠可以来这儿。喝点汤，暖暖身子，明天就可以回家了。”

“我无家可回。”我回答。科扎克看着我，好像已经知道我会这么说。

“那我们就得考虑让你加入了。”科扎克说。床上的孩子们大声抗议起来。当然，他们并不欢迎我。

## 4

孤儿院要比那个临时避难所条件好多了，不过还是那群孩子。孤儿院在西艾纳大街上，挨着墙，在最南的角落。有个孩子告诉我，十月份他们就得搬新地方了，因为犹太区变小了。科扎克还有那个胖女人斯特芬给我洗了洗身子。他们一边洗一边说，从来没见过这么脏的胸脯和胳肢窝。

孩子们都睡在一层的一间大屋子里。早上起来后，胖女人斯特芬常常会将衣柜和橱柜挪到一边，好腾出地方让我们吃饭、学习和做游戏。她让孩子们帮她，有些会帮忙，有些不会。他们在忙着搬柜子的时候，我躺在床上看着他们。“他怎么不干活，难道他是国王吗？”有个孩子问道。科扎克告诉他我的冻伤还没痊愈。

我的脚像被火烧一样。斯特芬正在我身边搬柜子，她说我应该把脚放在冷水里泡一泡。不过她没坚持让我那么做，我也就没动。我只在吃午饭和晚饭的时候才爬起来，那时候脚痛得更厉害了。午餐就是把小麦用绞肉机碾碎泡在开水里，晚餐是土豆皮碾碎做成饼，再和苋菜大头菜拌一拌。我那桌的孩子们一边吃饭一边唱歌。他们唱的是*朱力克和曼卡出城，拥吻太热烈树木为之*

倾倒。

“谁嚼着大头菜还哭啊？”有个小孩看着我说。可我仿佛看到，鲁特克还紧紧抓着自己的袋子坐在蓝警的车里。

“我眼睛就是这样，”我对桌上的孩子说，“我也不知道为什么。”

午饭后在屋子的角落里，孩子们在上希伯来语课。我拿床罩遮住脸。科扎克用波兰语问了些问题，孩子们七嘴八舌地回答起来。有时他也会纠正孩子们的答案。科扎克最后一个问题是：“在巴勒斯坦这儿你们开心吗？”好像所有人都回答对了。斯特芬说该干活了，听到孩子们都站了起来，我便露出了脸。有人擦地板，有人擦墙，有人擦窗户。每个人都喊着让别人帮自己递东西，不时有人撞上什么，发出声音。活干完之后大家又聚集在我的床边，科扎克说现在该给大家读一读他在孤儿院报纸上的专栏文章了。这周的专栏文章名字是《小心机器》。“机器不通人性，机器冷酷无情。”科扎克读道。他的眼镜架在鼻头，手指着报纸上的字念道：“指头进，指头掉；脑袋进，脑袋掉。”听到这儿的时候我起身去小便。这时我的脚已经没那么疼了。

卫生间在厨房后面。十一个小孩儿排着队等着上厕所。“这里只有一个厕所吗？”我问。

“是的。”我前面的小孩回答，头都没回。

上完回去的路上，我在窗户边停下了。外面天空晴朗。太阳把落在窗台上的死苍蝇晒干了。窗台下的砖块没有泥浆的黏合，松松散散地摞在一起，像松动的牙齿。钉在窗台下面的杂志上满是洞，一定是孩子们做游戏往墙上扔东西弄的。

刚刚上厕所时站在我前面的孩子整个下午都在擦楼梯的第一个台阶。我一直看着他。他擦楼梯的时候也盯着我，一旦停下来他就挥舞手臂，那样子就像马儿用自己的尾巴赶苍蝇。

那男孩就睡在我旁边，第二天早饭时间他把我叫了起来。早饭有开水、糖和面包。每人最多吃三片面包。吃完后我们排着队称体重、量身高。排队时，前面有个跛子像只鳍鱼一样朝我甩了甩那条有毛病的腿。

之后我回到床边，看了看自己的脚。这时一个拿着扫把的男孩走了过来，还端着满满一盆水，有些溅了出来。他把盆放在了我脚边。

“斯特芬夫人说让你用这个泡泡脚。”他说。

“这里面漂的是什么？”我问。

“我怎么知道？”他回答。

我问男孩叫什么，他说他叫兹格姆丝，也刚撞到手。我泡脚的时候，他正看着血从自己的指甲里渗出来。他把血抹掉甩在地上，留下红色的印子。

斯特芬夫人在房间另一头问兹格姆丝现在有没有事。兹格姆丝回答说他正在帮我的忙。

兹格姆丝把我介绍给隔了两张床的孩子，他叫米特克，之前也住在卡洛迪纳街大门附近，但他表现得好像从来没见过我。兹格姆丝说他俩是最好的朋友，可那男孩也没抬头，埋头盯着自己破旧的靴子。

我问兹格姆丝那男孩怎么了，兹格姆丝回答说他妈妈病了。她原本答应米特克，除非看着他在福利院里好好的，否则她不会离开。可米特克刚被送到这里，他妈妈就去世了。

“科扎克医生说米特克心里正难受呢。”兹格姆丝说。男孩仿佛没听到我们在说什么。

福利院里常常有人拿米特克开玩笑，说从来没见他笑过。“胡说，我一直都在笑。”男孩说着，脸上没有微笑。说完话他就把脸扭到一边。

“他手里拿的是什么呢？”我问。

“是他死去的哥哥的祈祷书。”兹格姆丝回答。

斯特芬太太终于把兹格姆丝赶去干活了。我继续坐在床上泡脚，暖暖的，不用孤零零地在大街上，我很满足。过一会儿科扎克来到我面前，说让他看看水盆。他的表情像是知道该干什么，却遇到莫名的困难。他的镜片上有指纹。游戏区一个六七岁大的孩子把小女孩们搭起来的玩具城踢乱了，他们在那边哭喊。

“是杰兹克吗？”斯特芬太太在房间另一头问。

“是的。”科扎克的语气好像我们之间有个秘密。他把我的脚从盆里拿出来，开始帮我按摩脚趾。他一边按一边对我说：“这两年那个孩子把我的生活搞得一团糟，让孤儿院每个人都很痛苦。因为他，我还写了篇文章，支持建立流放地。这孩子这么小就这样，我都不敢想他长大了可怎么办。”

两个大点儿的孩子扯着杰兹克的胳膊把他从女生身边拉开。科扎克看了看我的脚，觉得已经恢复得差不多，可以干活了，就告诉斯特芬太太。她过来给我安排了洗便壶的任务。她说便壶一定要用氨水冲洗。斯特芬太太说我得从最不起眼的活儿干起。我问，既然有厕所，为什么还要用夜壶呢？她回答，厕所只有一个，可有一百五十个孩子，还有二十名工作人员，不够用。斯特芬太太说如果没问题了，就要开始干活，为这里尽一点力。

那天晚上熄灯之后我们都躺在各自的垫子上。科扎克摸黑来到我身边，坐了下来。“今天下午我看到你站在窗户边，”他说，努力压低自己的声音，“整天踮着脚尖走，可还是看不到一点希望，很烦人是不是？就像挤在人群里什么也看不见一样。”我说是的。“明天就是星期四了，招生委员会来审核申请进入福利院的孩子，”他说，“斯特芬太太有没有教你明天该怎么做？”我摇了摇头。他又问：“会写字吗？”

“会一点。”我回答。

“没吵到你吧？”科扎克又问兹格姆丝。他在自己的垫子上来回翻着身子。

“斯特芬太太明天会帮你的，”科扎克对我说，“你家里真的一个人都没有了吗？”

我清了清嗓子，又咽了下去。“别担心。”他用手摸摸我的脸，摸到了我的眼泪。

科扎克似乎对我不停哭泣感到疲累。“审核流程只是个形式，”他说，“有人会叫到申请人的名字，大家都不说话，默默等着，过会儿会有人问我们一开始叫到的那个人是谁。有人会建议接收，有人会抱怨午餐不好吃，接着整个讨论就像醉汉从冰山上滑下来那样不受控制了。”

有几个孩子在翻身，发出响动。远处有个孩子在打呼噜，像是猪在哼哼。“一开始每个人的计划都很宏大，”我对科扎克说，“不过人们慢慢就会明白，事情不是他们想象的那样。”

科扎克自己笑了起来。“《安伦语录》第二章第二节，”他说，“大多时候人们得到的不过只是越来越差的视力和疲惫的双腿。”

黑暗中他的耳朵看起来更大了，脖子也细了些。我不知道科扎克想要什么。“当我想尽全力做什么事的时候，却总是碰壁。”他说。

他问我夜壶刷得怎么样，我说刷干净了。科扎克说，从夜壶干不干净能看出一个孤儿院好不好。

科扎克静静地坐在那儿，仿佛在听每个人的呼吸声。

我又问他还记不记得华沙沦陷之后他带的那个孩子，那个没有合脚鞋子穿的孩子。

“那个啊，”科扎克说，“当然记得。英国参战的那天早上，我们加入了聚集在英国大使馆外面的人群当中。波兰人和犹太人又像兄弟一样肩并肩。大家高唱着‘波兰未败！’当天下午有七颗子弹击中了福利院。一颗击碎了餐厅的窗玻璃，另一颗把我的帽子打掉了。我记得和那个孩子说过，我们得赶快离开大街，我的秃头很容易被他们当成目标打中。”

“他后来找到鞋穿了吗？”我问。虽然周围黑漆漆的，我还是能感觉到他现在并不想谈论这个话题。

“那孩子以前经常跟着我出去募捐，”科扎克说，“轰炸过后我们说服一位店主，让她把扁豆捐出来。我们告诉她，反正德国人来了也会没收的。每次请人捐助的时候，我都会提醒他们，这么做是为了犹太人的荣耀，他们可以把东西捐给孤儿院里的孩子们，也可以送给德国人。那个孩子就跟今天惹麻烦的孩子一样，”他说，“哪里有打架斗殴皮青脸肿的事，哪就有他。”

“他也许是运气不好。”我说。

“有些人就是不习惯思考，”科扎克说，“这跟有些人不爱抽烟是一个道理。”

我没说话。我也希望有人能像怀念那个找鞋穿的男孩一样记住我。

“但你也没法对那个孩子生气，”他说，“就跟斯洛维奇说的那样，上帝爱权力的方式就像爱野马。”

科扎克拍了拍我的腿，好像把我当成了那个死去的男孩。“很多人都不敢白天睡觉，因为他们担心这会毁了他们的夜晚，”他说，“而我恰恰相反。”

我抓住科扎克的手，他并没有把手移开。这又让我小声哭起来。

“最近我晚上总能闻到鹅油的味道，”他对我说，“你闻到了吗？”

我摇了摇头。

“那味道让人发狂。”他说。

“我没闻到。”我回答。

“我用波兰语思考关于欧洲的问题，”科扎克说，“用希伯来语思考巴勒斯坦的问题。但我用意第绪语想吃的问题。”

“我只想着吃了。”我回答。科扎克听了我的回答，轻声笑起来。

他让我第二天帮忙运煤，我答应了。接着他开始自言自语：现在得多给煤炭工人二十兹罗提才能买到整块的煤，而不是以前的碎煤块；如果关于德国人征用物资数量会增加的传言是真的，那么我们只能烧家具了。不过，科扎克还说，你只要给犹太人一天空闲，他们所有人都会开始编造谣言。

“大家都想知道该怎么办。”我对他说。

“可我们连自己手里握的杯子都看不到底。”他回答。接着用手帕擦了擦鼻涕，祝我晚安。

“晚安。”兹格姆丝说。

“不好意思打扰你睡觉了。”科扎克说。

“你们刚才都在说什么？”科扎克走后，有人在黑暗中问道。

“老医生最近不是很顺利。”兹格姆丝说。我能听到他打哈欠的声音。

“什么意思？”我问。

“快睡吧。”兹格姆丝回答。

卸煤的活儿干起来很顺手，只有腰以下会沾满灰尘，而不像一些人那样从头到脚趾都脏兮兮的。我还帮着搬了一些燕麦，斯特芬太太拿燕麦混了马血给我们做早餐吃。有人邀请我加入唱诗班，可是我不会唱歌；还有人要我加入戏剧社，可我也不会表演。那个胖女人跟我谈了申请入院的事，她似乎觉得我的情况没那么悲观，我也不用担心会被赶到大街上。对了，她让我从今往后叫她斯特芬太太。

德国人跟科扎克说，晚上窗户得用黑纸遮起来。斯特芬太太就让我坐在一张办公桌前，抱来一个木箱，里面有胶水、剪子还有几卷黑纸，让我带着其他四个孩子一起帮着做。要是有孩子不听话，斯特芬就让兹格姆丝也过来帮忙。兹格姆丝问凭什么让他来干，斯特芬太太什么也不说，只是示意他坐下，然后走开了。兹格姆丝把米特克还有另外两个人也叫了过来，骗他们说是健康管理员让他们来的。米特克问兹格姆丝为什么说斯特芬太太是健康管理员，兹格姆丝说真正的健康管理员不会跟犹太人说话，他们只会指着那些木桶，让别人抬起来，自己却不动手，看看底面干不干净。

兹格姆丝让我负责量尺寸，其他人剪切和粘贴。那帮孩子一直在说吃的事情。有个孩子说他小时候可以一整天都不吃饭，可是现在自己就像个破锅，汤水刚一下肚就又饿了。他脸上那空洞而又逆来顺受的表情和我死去的弟弟一模一样。我不再看他。我朝窗户挪了一点，伸出胳膊估计了一下窗户的尺寸。

另一个孩子问兹格姆丝有没有其他兄弟姐妹，兹格姆丝说自己姐妹一共三个。兹格姆丝说他父母过去是开磨坊的，靠磨荞麦面粉为生。有一天他跟妹妹去买牛奶，回来后发现有人在抢自家磨坊里的东西。他听到邻居喊："你们别抢这些孩子的东西，他们可是孤儿啊。"自己这才知道，父母已经被杀害了。兹格姆丝说他的姐姐被德国兵袭击，跑到了俄国境内，他们家从此变得不成样子，因为姐姐是家里活下来的人里唯一会做饭的。

斯特芬太太负责日常事务。她开口训人第一句话总是，"来，听我说。"要是有人问她不想回答的问题，她总是会说："操那心干吗。"

科扎克一周里，有两天安排援助其他福利院的事项，其余时间他都在为我们募捐。出去募捐他总是早出晚归，每次都带不同的孩子一起去。犹太委员会办公室、有钱人家、有合作关系的人家和咖啡馆外面，这些都是他常去募捐的地方。胖女人总是为他挂心。科扎克不在的时候，斯特芬说他某天晚上回来精疲力竭，却只弄到一桶泡菜。

兹格姆丝说，科扎克挑和他一起出去的孩子，都是很小就跟着他的。相比其他孩子，科扎克更喜欢自己从小带大的。

深夜科扎克回来的时候，我看着他。屋里只亮着一盏灯，他看起来有些老态。他甩甩手，小心抽着烟，抿着加了糖的伏特加，每几分钟就清清嗓子。

"你又醒了，"有天晚上他终于发现了我在看他，"你不累吗？还是我们白天给你安排的活儿不够多？"

我没有不累的时候。我回答。无论我要做什么，我都做不好。

"所以你不算是我们这儿的闹事分子了？"他说，"像你朋友兹格姆丝那样。他说他妈妈骑着鹿穿过树林，还吃掉过几匹马。"

我妈妈以前靠帮别人洗衣服养家。我回答。

"我记得你以前在聚居区大门附近一个团伙里。"科扎克说。我跟他为以前的事道歉，他说没关系。我并不是个恶人，毕竟，大家都得用自己方式过活。在填不饱肚子的人眼里，所有大门都是敞开的。

第二天科扎克把我从床垫上摇醒，让我穿好衣服跟他走。

出门的时候天还没亮。我说我可不想重回到以前流浪街头的日子，科扎克说他知道。

他一边走一边说着。他说我们今天也许会去拜访德国人。负责监管我们孤儿院的军官自己是个儿科医生，那人总把科扎克当作“受人尊敬的同事”，科扎克觉得这件事情很荒谬。他说那人还把孤儿院称作他的“诈骗共和国”，说犹太人总能尽力适应形势变化，却并不知道他们到底适应得怎么样。就像有人抱怨没有穿到金鞋子，却不知道自己快要保不住双腿了。

风很大，很冷，路上到处都是泥水。所有早早出门的人都步履艰难，好像已经用光所有力气。大部分路人都是无家可归只能整夜在外游荡的乞丐。我们在一个女孩身旁停下，她赤裸着胳膊，蹲在一辆马车前，马车上装着冻坏和腐烂了的大头菜。另外一个年纪稍小的女孩蜷缩在马车下面，用报纸做成鞋的样子，裹在脚上。科扎克在她身旁弯下身，放了些东西在她手里。两个女孩行动都非常迟缓。

“德国人造的孽真是够了。”我们继续往前走的时候他说道。他往自己的双手上哈哈气来取暖。科扎克还告诉我，孤儿院里的女孩子们用蜡纸箱和电灯泡制作了一部电影，让他很惊喜。

我问科扎克这是往哪走，他反问我，这重要吗？反正我们都是拴在一条链子上的狗。

见我不作声，他说对不起，自己不该说那些没用的。

道歉之后他也不说话了。黑暗中我们经过了佩尔兹扎德街、“不死洞”，还有一些屋顶和天窗都被炸歪的房子。

科扎克告诉我，上周他在一栋房子里发现六个孩子躺在又湿又破的垫子上。见我没反应，他又说现在这时候，哪个人不伤心呢。整个世界都很悲哀。他说，我们要做的就是告诉自己，我们现在的状况还不算最糟糕的，我们该庆幸还有蟋蟀和萤火虫的陪伴。

看他的表情，科扎克应该不是在开玩笑。我又跟他说了一遍，自己不想在大街上，可他没有回答。我说我也不想在孤儿院里，他说想走随时可以离开。我讨厌科扎克让我产生了那种矛盾的感觉，也讨厌自己，还不如随便死在哪里。

太阳出来了，科扎克问我开不开心，因为至少还有阳光。我揉了揉胳膊和脸。他又问我有没有听到他说话。我说无论开不开心，事情是怎样的，我都接受。科扎克告诉我，天气好而自己心情不好的时候，他母亲常常会说，这样的天，连犹太人都不再受苦。

每往前走几步就会有人冒出来，有些是乞讨的，有些是卖东西的，有些刚从洞里爬出来取暖。有个人用被子裹着自己，被子里的羽毛都被风吹走了。看到有人在自己家门口卖牛奶，我们就上前排队准备买一些。“只要见到有队我就上去排着，不管他们卖什么，因为我知道自己总会得到些东西。”科扎克开玩笑说。

我们先来到一户富人家门前募捐。科扎克按了按门铃。应门的人开门后说：“潘医生，你这是要我的命啊。”科扎克省了寒暄，他直接问道，你知道比成为一个老人更糟糕的是什么吗？是成为一个老犹太人。比成为一个老犹太人更糟糕的呢？是成为一个身无分文的老犹太人。比这个还糟糕的呢？是一个身无分文还没有任何收入来源的老犹太人。更糟糕的呢？一个老犹太人，既没有钱，也没法赚钱，还得养活一大家子。要是再糟糕一点儿呢？那就是需要养活的还都是孩子。更更糟糕的呢？这些孩子们都还饿着肚子。

应门的那人又进了屋，回来时拿了些钱，丢进科扎克伸出的袋子里。他说了句“早上好”便砰地一声关了门，只剩科扎克望着袋子里面。

接着他带我来到另一家门前。他说他原本家境不错，直到父亲被送进精神病院，家里的状况开始急转直下。正是那时，他明白了向成年人寻求帮助意味着什么。他要不停地跟成年人这个处于相对优势的群体作斗争才能够生存。少年的时候，他就听说过很多关于无产阶级的事情，可世界上时间最久的无产阶级应该是儿童。即使是爱着儿童的人也会迫害他们。也正是从那时起，科扎克决定要成为孤儿们的父亲，毕生都要为这些本应最先受到呵护却总是最后才被人们记起的孩子们奋斗。

“跟你一样，我做什么事也都慢吞吞，”科扎克说，“我妈妈看我干活的时候总会说，‘看看你，像个哲学家似的。’”

“我爸爸要我帮忙的时候总是喊，‘快过来，你这个草包！’”我说。

“看来你经常帮他。”科扎克说。

“我不喜欢干活儿。”我回答。

“我认识最懒的人叫科里娄，他成年后所有时间都是在沙发上度过的，沙发底下堆着书，”他告诉我，“想读书的时候他就伸手一探，摸到哪本就读哪本。”

我们挨家挨户地敲门，如果遇到有人不愿意捐东西，科扎克就站着不走。他只是不停地重复，“想想我的孩子们吧，我的孩子们。”我突然想起了妈妈。“我讲话的时候你待着别动。”他在我们走向下一户人家的时候对我说。

午饭时候我们来到了一家咖啡馆，进去以后科扎克大声喊道：“有没有人能帮我的孩子们挺过这个冬天的？”有个人把科扎克叫了过去。科扎克走向一些顾客，如果有人愿意往他的袋子里捐点东西，他会表示感谢。“还不够，不够。”他说。下午我们来到邮局，在那些被德国兵打开了无法再邮寄的包裹里搜了搜。

回孤儿院时我们路过了梅勒柯娃娜小姐的会客厅，孩子们不断用手抹着眼泪，堵满了人行道。每个孩子科扎克都给了些东西。

又过了几个街区，我问科扎克他想不想休息，因为他看起来很疲惫。科扎克说，到了现在这个地步，见到死去的孩子已经不再惊讶了。如果一个人还没到可以平静看待死亡的程度，那么他自己生命的价值可能会多百倍。科扎克走路已经很困难了，每经过一个房子，他就要靠着栏杆休息一会。他说自己就像已经被送去住院的人，还坚持去探访亲戚一样。

一群孩子从我们身旁跑过，差点把科扎克撞倒。他半坐着靠在邮筒上。他的呼吸听起来跟我妈妈生病的时候一样，我想，要是他还是发出那样的声音，我得赶快跑开，把他留在大街上。这时他自言自语道，这个世道，偷运东西的人能活得长久一点，不思进取的人只能悄无声息地死去。

直到我们来到希安娜街，看到了福利院，科扎克才又一次开口说话。我暗想，要是他死在街上了我该怎么办？他拉住我的手不让再往前，他问我前面是哪里，好像面前的建筑会要了他的命。

杰兹克和另外一个男孩在大街上玩绳子，他们俩轮流抽打对方，笑声传进我们的耳朵。“你知道我一直想着什么吗？”科扎克缓缓说道，“我想着在耶路撒冷有一间自己的房子，里面放一张书桌，要有些纸笔能让我写点东西，还要有透明的墙壁，我便不会再错过每一次日出和日落。这样做个默默无闻的犹太人，没人知道我到底从哪来。”

我们停在了那里。科扎克扶着街灯好让自己站稳，然后他弯了弯腰让我先走，清了清嗓子，跟着我一直走过那个街区。

“你以为自己能躲在孤儿院里等着战事平息吗？”里杰金问。被他发现的时候，我根本没意识到有人在后面跟着我。当时我正和兹格姆丝推手推车去取一桶泡菜，科扎克说这是别人捐的，让我们去取。

“咱们谈谈吧，”里杰金说，“你的朋友能搞定那些被偷走的东西。”

我停下脚步，兹格姆丝继续往前推着车子。他乒乒乓乓地将车子推过电车铁轨，消失在拐角处。

“那些东西不是偷来的。”我说。

“我的朋友维多斯克中尉觉得有必要让我提醒你一下，你还是我们打击犯罪小分队的成员，”里杰金说，“别以为你安了新家，我们的麻烦就没有了。”

我猛推了他一把。“你说过他们不是在找偷运东西的人。”我说。

里杰金拉直衣领，抬了抬下巴。“德国人做他们该做的，”他说，“你只要别惹火上身就好。”

里杰金说他要给我买杯热咖啡，于是拉着我来到街前面的一家咖啡厅。

咖啡馆里坐满了人，火炉把屋子烤得暖烘烘的，窗户上凝结的水珠滚了下来。屋外有个小男孩盘腿坐着，他身旁还坐了一个小婴儿，屁股底下垫着摊开的手帕。那男孩喘起气来像一只鸽子。我和里杰金坐在屋里，互相看着对方，他递给我一张餐巾纸，让我擦擦眼睛。“你比我认识的任何人哭得都多。”他说。有个女人来到了我们身旁，里杰金说：“瞧啊，这人带着一张她过去日子不错时候的照片，好让我们知道她现在有多糟。”

侍者过来的时候里杰金帮我点了东西。他问我有没有听说吕贝克[①]发生的事情，我说没有。他警惕地看了看四周，确认没有德

① 德国北部港口城市。

国人之后说，英国人已经把吕贝克夷为平地了。见我没说话，他又说，犹太警察局里的人无论乐观悲观，都觉得德国最后会输掉这场战争。但是悲观者觉得，就算德国最后会输，那时候他们也早已获得了整个世界的统治权。乐观者认为，德国人对波兰开战，对法国开战，对英国开战，甚至对俄国发起了毁灭性的战争。里杰金说，已经有人写一本叫“1812(拿破仑战败的那一年)”的书来记录这场战争了。

里杰金说他问过维多斯克，他觉得这场战争什么时候才会结束。维多斯克回答说，要等到德国人一天吃一顿饭，而犹太人一个月一顿饭的时候。

热巧克力端上来，里杰金说这杯敬自己发财。我问他最近遇上了什么喜事，他说自己在警察局被提拔了，现在已经是泽尔斯基的副手。换句话说，现在所有黄警里，除了泽尔斯基，就是他里杰金说话最管用。

“我只是找个话茬。”见我没反应，他说道。

我说我得回去了。

里杰金说他们需要我跟着巡逻，说不定我知道些什么东西，能派上用场。

“你还想让我帮你杀人吗？”我问。

里杰金没正面回答，只是问我热巧克力还喝不喝，见我还是不作声，他就把我的那杯喝了。“以后限物令只会越来越紧，”里杰金说，“没土豆吃，没面包吃。孤儿院里没有煤烧，但咖啡馆却供给充足。”

可我们又能做什么呢，每个人都难逃于此。我说。

“不妨这么想，”里杰金说，“你说我们是给每个人的勺子里都盛一点，最后谁都活不下来，还是让少数人填饱肚子？”

“我得回去了。”我说。

“我之所以跟你说，是觉得你会明白，”里杰金说，“以暴制暴，向来如此。不会耍手段的人只能遭罪。”他示意我看看外面。“你我心里都清楚，别指望德国人会可怜你。我们的生死取决于他们还能掌权多久。要是时间够，我们都得死在他们的手上，谁也逃不掉。”

我站了起来，里杰金没有阻拦。“这周末我们会用到你的。”他说。

“你为什么非得要我？”我问，“不能找别人吗？”

里杰金用手指在我的杯子里侧滑了一圈。“你站在我们老大的角度想想，或许就会明白了，”他站了起来，作出一个像科扎克那样“你先走”的姿势，“我顶头上司说，难民像秋天的叶子，随风飘零。”

里杰金跟着我来到了人行道上。已经下雪了，他竖起衣领，也把我的竖起来。他把车座上的雪拍打干净，骑上车子离开了。地面很滑，在鹅卵石上很容易摔倒，里杰金得时不时用脚支着地面寻找平衡。

孤儿院的其他人员都睡在旁边的一栋房子里，只有科扎克的办公室和床铺在我们上边一层，那里被大家称作“隔离病房”，里面住的都是病重的孩子。科扎克的床和柜子在屋中间，被孩子们的床包围着。每个孩子床铺旁边都有一个木桶，他们头上都敷着布。科扎克看起来像睡着了一样，尽管他的灯还亮着，衣服也没脱。孩子们还在睡觉。现在已经过了凌晨四点。

科扎克的床头柜上还剩了些黑面包，他的手里还攥着一块，看起来似乎是吃东西的时候睡着的。

我爬上楼梯本想跟他聊聊天，听到有动静便藏在科扎克的书桌后面。接着就看到斯特芬太太出现在门口，她看到他在睡觉，轻轻走到他床边。

“我总会在这些孩子像蜜蜂那样嗡嗡之前尽量睡上一个小时。”科扎克对斯特芬说。我这才意识到虽然他眼睛是闭着的，可已经醒了。“我小时候常常假装睡觉，再突然睁开眼睛，这样就能在我的守护天使没来得及藏起来的时候看到她了。”

斯特芬弯下身子，在一个孩子的床沿坐下。她和科扎克看上去一样都很疲惫。“今天怎么样？”斯特芬太太问，“我们都还没来得及说话呢。”从她的声音里，我仿佛听到了跟我妈妈问我话时一样的感觉。

“十个小时，七通电话，”他回答，“五十兹罗提，他们还答应每月给五个。”

斯特芬太太说，大家可不想那么冷的天让科扎克在外面奔波十个小时，他的病也不允许他这样。

“我有什么病呢？”科扎克问。他还躺在床上，手遮着眼睛。

“你的心脏肌肉越来越弱了。肺炎诱发的胸膜炎，膀胱也有问题，腿脚也还肿着，”斯特芬太太说，“还有疝气。”

他俩沉默了一会儿。“我可不是在跟你开玩笑。”斯特芬太太说。

“那个拒绝给我做疝气手术的医生怎么说的来着？”科扎克问，“我的身体毁了。”

下楼去吧，我心里想。我得找个人说说里杰金的事，但是说什么呢？

“还咳嗽着，一边抱怨一边出去，还不穿毛衣。”斯特芬太太说。

“那你呢？如果你去，别人什么都不会给你。”科扎克说。

科扎克把手从眼睛上抬起来，看到斯特芬太太盯着桌上的水和伏特加。“你有没有发现，晚上面包和水的味道更好一点？”科扎克问。

“要是有人在大街上把你带走了怎么办呢？”斯特芬太太问。“我们该怎么办？”

见斯特芬太太生气了，科扎克的火气也上来了。“谁说我出去的时候德国人会在外面？”他说，“就算在，他们难道一定和我在同一条街上？就算在同一条街上，谁说他们一定会选我？就算他们要拉我走，难道不会被我说服吗？”

“我只是想问，就这么点钱，值不值得你冒这么大的风险。”斯特芬太太说。

科扎克嘴里发出了一些声音。接着他说：“你知道吗，我小时候跟老师说我知道怎样改造这个世界，第一步就是别在乎钱，而我总是在第二步上栽跟头。”

斯特芬太太伸出一只手围上了围巾。屋子里很冷。看门人的儿子从外边打电话进来说灯太亮了，看起来跟过光明节一样，会招来德国人，他不想再为这件事费神了。斯特芬太太走到窗户前，把黑色窗户纸再按得紧一些。

“我最近常常做梦，梦到有个孩子说，老医生总是在我们最需要他的时候睡觉。”科扎克说。

“你不可能每件事都亲自去做。”斯特芬太太安慰他。

“我耕过多少地？烤过多少面包？种了几棵树？摆了多少块砖？缝过多少粒纽扣？补过多少件衣服？”

“哎，”斯特芬太太对科扎克说，“别把自己累坏了。”

“我父亲常骂我是个笨蛋、蠢货，是个爱哭鬼、混蛋。”科扎克说。“他说得对。那些信任我的人也是这么想的。”

我意识到他们现在谈论的完全是另一件事了。我并不知道别人的脑子里是怎么想的，包括我自己。

“我知道你从来没许诺过我什么，”斯特芬太太说，“我躺在那里，醒着，骗自己说，斯特芬你这个傻瓜，这些都是你该得的。”

“即使是最美妙的假设也仍然需要确证。”科扎克对她说。

“我只是坚信，一个人收获，是为了更好地给予。”她说。

“那什么是爱呢？”科扎克问。“是不是只有值得爱的人才能得到爱？我们如何知道自己是不是爱得够多了？怎样才能学着多爱一些呢？”

房间里充斥着烟味和体味。窗户上糊的纸又松了，屋里的灯光透了出去。

“你爱过谁吗？”斯特芬太太问道。

“七到十四岁之间我一直都在爱着别人，”科扎克回答道，“不过是跟不同的女孩。”

窗玻璃响了起来。科扎克像是在听风的声音。他打了个哈欠。

“我总是在想，如果长得好看一点会怎样。”斯特芬太太说。

“我跟每个人说，斯特芬常提醒我，自己够惨了，还让一帮人跟着变得更惨。”科扎克说。

斯特芬太太小声说了什么，科扎克让她重复一遍。“总是感觉孤身一人，也很艰难。”她回答。

科扎克没有说话，斯特芬太太看着自己的手。我身体太久不动，已经有点撑不住了。

“我的付出得到了回报，”科扎克终于开口了，“孤独还不是最糟糕的事情，我倒更在乎回忆。”

斯特芬太太站起身，穿过孩子们的床，走到门口又停了下来。“我常提醒自己，不该索求什么的，”她说，“但到了现在，

‘自我’依旧让人矛盾。”

透过微弱的灯光，连我都能看得出她的难过，可科扎克并没有在意。“我无能为力。”他说。

“总是你在放弃、拖延、取消，然后取代。”斯特芬对科扎克说。

科扎克坐了起来，用胳膊支撑着身体。“我透过望远镜来看自己的感情，”他说，“他们就像极地上挨着取暖的一群人。最开始有人咳嗽，我很心疼，后来就完全不一样了，我会想也许我们都会被传染，他会让我们把剩下所有的药都用光的。”

斯特芬太太说对不起，让他赶紧睡觉。

“我存在不是为了被爱，而是想有所作为。”科扎克对斯特芬太太说。

“圣人下旨，上帝执行。”她说。

“我只是在尽力而为，”科扎克说，“上帝也许不想执行法令，但并不意味着我们不应该遵守。”

“要是有人违反律例，我们该找谁的责任呢？”斯特芬太太问。

“别尔季切夫[①]的以撒[②]拉比，应该传唤上帝到拉比法庭。”科扎克回答。

---

① 俄国地名。1943 年 12 月 24 日—1944 年 1 月 14 日发生的托米尔-别尔季切夫战役中，乌克兰第 1 方面军实施的进攻战役，是右岸乌克兰战略进攻的一部分。

② 是《圣经》中的人物，亚伯拉罕和妻子撒拉所生的唯一儿子，也是以扫和雅各的父亲。

"我想我们再也找不到能好好吃饭，永远安宁的地方了。"斯特芬太太说。

"有时候我会想：别睡着。"科扎克说，"再多听十分钟这些孩子们的呼吸。听听他们的咳嗽声，听听他们的吵闹声。"

"是啊，"斯特芬太太应和道，"我就是那么做的。"

"我们就是活着的墓碑，"科扎克对斯特芬太太说，"只有在以色列，才有孩子们的婴儿车和生长的绿色植物。"

斯特芬太太发出了声响，好像是科扎克拍了她一下。听到她下楼，科扎克便躺回了床上。

有个孩子被我们大家起名叫"曼陀林[①]"，因为他一天到晚拿着自己的曼陀林不撒手，甚至老师帮他洗身上虱子的时候也把乐器举过头顶，就连他死在自己的小床上时，双臂还紧抱着它。每顿饭的食物供给越来越少了，大家为此焦虑。要是吃饭的时候自己的那一份吃得太快，那么就得等好长一段时间才能挨得到下顿饭，等的时间越长也就越难受。大家脑子里唯一想的，就是下一顿的面包。在犹太区，老师们提着水壶来回走动的时候，一片胳膊都从床上举了起来。这里的饭主要是浓稠的燕麦羹，再把凝结成块状的马血在锅里烤一烤。烤过的马血看起来像黑乎乎的海绵块，吃起来跟沙子一样涩。安息日的时候吃的是燕麦和猪油熬成

① 一种乐器。

的高汤。

虽然孤儿院里食物并不充足，科扎克还是组织我们大家在邀请函上写上地址，请那些曾经给予捐助的人四月一日来参加我们的逾越节家宴。我们每个人负责一部分清单上的客人。逾越节当天，有五十位客人到来，坐在门旁。长长的桌子上盖着桌布。坐在我旁边的孩子身上结着厚厚的疱疤和血痂，他周围的人都叫他“鱼鳞小子”。我们没有鸡蛋也没有苦菜，只有一点儿汤，每个人都分到了一个无酵饼球①。小孩子们非常开心，因为据说斯特芬太太在其中一个饼球里面藏了杏仁。兹格姆丝开玩笑说，我们这星期剩下的日子要天天像逾越节那样饿肚子了。但科扎克对来宾们说，坐在这张餐桌上的孩子，没有一个是被遗弃的，他们之所以聚在这里，是因为他们今天未能到来的父母的爱的力量。他说这话的时候很多孩子哭了起来。大多数观众也都流泪了。后来米特克吃到了杏仁。

我清清静静地过了一个星期，没人来打扰。直到一天深夜有人敲门，斯特芬开门后来到我的床边，告诉我有个犹太警察想见我。

里杰金站在门口，他说要我带他到我那个挺漂亮的朋友离开犹太区之前住的地方。我说我不明白他在说什么。里杰金威胁我，要是不带他去，和他一起来的德国人就从孤儿院里揪出十个

---

① 犹太人在逾越节时吃的食物。

孩子开枪打死。他还说，德国人会很乐意提前告诉我他们要打死哪几个孩子。他等我穿好衣服，走下楼梯。我们俩钻进车里，车后面还坐着德国人。有个德国人用波兰语问里杰金我在哭什么，里杰金回答："他就那样。"

一开始我告诉他们的是错误的地址，可车一开到那停下，我心就慌了，赶忙告诉他们我记错了，又把正确地址告诉了他们。索菲娅的住处距离我们只有七个街区。汽车仪表盘的加热器似乎被什么东西卡住了，发出咔咔的声响。到了那里，我坐在车前面等，里杰金和两个德国人上去叫门，命令那个开门的女人站到门外边。那女人穿着红花浴袍，她还看了看坐在车里的我。有个德国人开枪射死了她，把尸体留在大门外。

第二天孩子们都在议论，聚居区里有多少人被开枪打死了。科扎克跟斯特芬太太说让我去睡觉，于是整个白天屋子都是我一个人的。我让自己尽量别动，哭干了眼泪也别动。没人知道具体的死亡人数。有人告诉科扎克，杀害那些孩子的人与一家非法报社有关。科扎克说，这些话没必要让这些孩子们听到。第二天他们让我起来干活，洗盘子的时候我听到科扎克对斯特芬太太说，犹太人议会发布了备忘录，上面说，德国人已经表示这次处决行动只是个例，不会再有。

处决行动之后，路障附近每天都有巡逻队伍。德国人在很多街道都设置了路障，还放了锯木架和标语牌。路障升起来的时候，人们只有几分钟的时间通过，之后街道和小巷便会被封锁。

“现在只要能平平安安到达想去的地方，就算是万幸了。”斯特芬太太说。

如此种种，科扎克只有通过写信寻求解决办法。他说不能因为现状已经糟糕透顶就认定行动无用，事在人为。

所有要寄出去的信都用工整的笔迹写着：“有可能的话，希望您能将物资打包，寄给希安娜街 18 号孤儿院的孩子们。”科扎克说还有别的内容要写上去，只不过他会口述让孩子们写。他说要写上，“最近刚到的孩子们，虽然有的受伤了，有的冻着了，有的遭过虐待，有的饥饿难耐，还有的被迫害，但他们现在都在这里跑来跑去地玩耍，和睦相处。”有些孩子问“和睦”两个字怎么写，科扎克说不会写不要紧。他接着说：“但这些孩子没有东西吃，很多年纪稍小的孩子都不怎么长身体了。孩子们不停地做噩梦，常常被吓醒。自己的教学也由孩子们的表现证明是有效的，因为当成年人不能给孩子们提供一个稳定合理的环境时，孩子会创造一个适用于他们自身的温暖世界。”最后这一句话我写了两遍，因为我实在太喜欢这句话了。科扎克让我们继续写：“不断有孩子申请进孤儿院，他们在街上成群结队地涌向我，一个个像瘦得皮包骨头的小议员似的，争着向他诉苦。”他让我们在最后署上自己的名字，再写上“亨利 · 哥德施密特教授/雅努什 · 科扎克/来自电台的老医生敬上”。

有三天时间我除了吃饭都没有下床。科扎克让他们别管我。

除了脚底板之外，我浑身都爬着臭虫。白天孩子们还没来得及把纸糊上窗户，孤儿院就立了一条新规矩，每天得有人在外面站岗看着大街，因为现在德国人只要察觉屋子里有动静就会开枪。有个德国警察被叫做“弗兰肯斯坦”，因为他的言行举止就像电影里面的怪物，只要看到影子就会朝着窗户开枪，不放过任何机会。

孩子们整天盯着路障附近的德国兵。往往先是听到哨声，接着就是枪响。有时候孩子们还会在人群中发现认识的人。犹太人通过路障的时候带着各种各样的东西：笼子，锅碗瓢盆。有个人还带着一株盆栽。他们都要去被德国人叫做“转运中心”的地方，在那里火车会把他们带走。

第四天科扎克又把我叫了起来，让我跟着他去募捐。斯特芬太太让他穿件暖和点的衣服，科扎克费了好大劲儿才把衣服套了进去。她得帮他把裤带弄好。

来到街上后科扎克却记不起来自己要往哪走。我们来到一户人家门口，按了门铃，接着他问我：“我们来找他干吗呢？”等到了另一户人家门前，科扎克又忧愁地说：“我这是在找什么呢？”他的鞋面已经松动了，走路时候很不方便。我们的牙齿染上了空气中煤烟留下的粉尘。大街上的人缓缓移动着，一脸茫然，他们看着我，仿佛我是一块面包。一家商店前，我们前面的女人抱怨价格太高，科扎克对她说：“听我说，这些都不是商品，这也不是一家商店。你不是消费者，他也不是店主。所以他没有向你索要虚高的价格，也没有赚到什么钱。这一切只不过是我们决定要做的事罢了，因为我们总得做些什么。”回孤儿院的路上科扎克的腿肿得厉害，不得不叫来一辆人力车。他让我帮他找一辆车夫看起来最壮实的。我们在车上时科扎克靠着我，用沙哑的声音说，这些车夫总是像牛马一样温和、安静，他总是被他们感动。

不断有孩子生病，斯特芬太太在楼下和没生病的孩子们睡在一起，科扎克睡在楼上的隔离房。“五月这个温度有点冷了。”一天晚上我上楼跟他坐在一起时他说道。

“屋子里什么味道？”我问。

“灯里的碳化物吧。”科扎克回答。

桌上的伏特加酒瓶不见了。“那是什么？”我问。

“酒精，我混了一点水，加了糖溶化在里面，这样会甜一些。”他说。科扎克又问我为什么没吃晚饭，我说不想吃。他又说劳累、没有精神是营养不良的表现。我又问科扎克他为什么没吃晚饭，他说吃饭对自己而言就像是工作，而自己已经太累了。

我坐在杰兹克的床上，挨着科扎克。杰兹克不停地流汗，睁着眼睛。“混了热水的酒精可以止痛，眼睛也就没那么疼了。”科扎克说。

科扎克写东西的时候，眼睛紧挨着纸。“你在写什么呢？”我忍不住问。

他说他在给犹太委员会写信，请求他们允许他接管丹兹纳街上的公共收容所，那里现在有一千多个孩子。科扎克说在申请书上，他会散播流言，说自己是个贼，孩子们跟着自己肯定会饿死的，这样委员会才会觉得他能“胜任”这项工作。他还说自己连路都走不稳，容易激动，一年前在纳粹盖世太保的监狱里还通过了体检：尽管监狱里条件恶劣，自己没有生过一次病，没有要求过一次医生，监狱里的劳动自己也没有请过一次假。科扎克写道，自己现在胃口跟马儿一样好，十杯伏特加下肚，睡觉很是香甜。这些都让他在跟罪犯和天生的傻瓜打交道时游刃有余。

“这份工作工资多少？”我问。

科扎克说自己已经申请了试用期，照顾孩子最少两万兹罗提。

“你有信心拿下这份工作吗？”我问。

“我已经得到了，”他回答，“他们已经把这份工作永久性地交给我了，还给了我一千兹罗提。谁会拒绝来自电台老医生的请求呢？更何况，那里每天就有十个孩子死去。”

“那你现在写什么呢？”我问。

“我预料到员工里那些犯罪分子会主动离开，因为对他们来说，这个地方实在太讨厌了，”科扎克说，“他们之所以赖在那里不走，只不过是因为胆小，懒得动罢了。但是他们现在跟我作对。我是外来人，是他们的敌人。唯一一个好护士得结核病死了，我得把其余的人给安置好。”

“地上的盐会消解，可屎还留着。”我对他说。这句话科扎克总是挂在嘴边。

"就是这个理。"科扎克回答。

杰兹克跟我们说他渴了，科扎克从床上起来到楼下的厨房里端上来一杯水。"对于我不欢迎的人，我有四种方式对付他们，"科扎克说，"贿赂他们；答应他们的一切要求；先撒谎圆过去然后伺机报复；或者把他们折腾得筋疲力尽。但是在那个收容所里，这些方法都不管用。"

"谢谢。"杰兹克说。科扎克说不客气。

"因为我的头痛，今天大家都很烦躁，"杰兹克说，"也有可能因为天太冷，也许是他们想出去。"他把那杯水喝完了。

"对了，"科扎克后来一边说，一边把自己的手放在杰兹克头上，"我想起一个老教师，他总是因为我们的头发长太快而生气。"

第二天科扎克的身子太虚弱，没办法出去募捐。第三天我听到他在屋里喊道："我起来了！我起来了！我能站起来了！"甚至在我睡的那层下面的人都能听到他的声音。

"还是带他出去？"兹格姆丝看到我们准备出发的时候说道，"我以为潘医生有了新的喜欢的孩子了呢。"

我们来到了一家肉店门口，科扎克之前听说这家店今天会开门。"这些是人肉吗？"卖肉的女人告诉他价格的时候科扎克开玩笑说，"这马肉也太便宜了点。"

"我怎么知道？"那女人说，"他们屠宰的时候我也不在。"

特华达街被里杰金还有一排黄警封了起来。他看到我，向我喊了一声，便离开执勤地点向我们走来。

“我知道德国人又给你派了新任务。”科扎克对他说。里杰金鞠了个躬，科扎克转向我，“泽尔斯基因为在黑市交易动物皮毛被捕了。”我对科扎克说，我不管这些。他说这意味着我的这位朋友现在掌管着警察局。我说他不算我的朋友。里杰金这时候说，既然聊起来了，现在他们有一项紧急任务，每天都要驱逐一定的人出境，警局的人要是指标完不成，他们自己就得滚出去。他有些手下不愿意驱逐自己的邻居，说不定可以拿我们之前团伙里的成员抵数，毕竟这些偷运东西的人总是很容易拿来开刀。

“离这孩子远点。”科扎克对里杰金说。

“我只是给他提个醒，”里杰金说，“关于我们之间的交易，可以将来再说。”科扎克把我拉到他的身后。

“你不用躲在他身后，”里杰金对我喊道，“我看得到你。”

里杰金离开后，科扎克说过几天我就不用再躲躲藏藏了。“那个人还有别的事要操心呢。”他说。

沙福街上又热了起来。初熟节①前后苍蝇实在太多了，科扎克定了条规矩：要小便需要杀死五只苍蝇，大便要十五只。排队的时候谁是下一个上厕所的，谁就负责检查上一个人。米特克有天早上问我他能不能过一会儿再去打苍蝇，因为他实在憋不住了。

① 犹太人节日，在七天除酵节节期中那个安息日的次日。

我跟他说，我帮你打吧。

六月初，所有人都开始拉肚子，夜壶已经溢出来了。科扎克和斯特芬太太觉得是面包出了问题。有天晚上科扎克对斯特芬太太说，孤儿院现在都快变成敬老院了，大家都累得精疲力竭，心里也不爽快。夜壶旁还有卫生间都不断传来孩子们痛苦的呻吟。

斯特芬太太说，或许德国人会停手。科扎克回应道，德国人现在掌握着世界上最宏大的事业，叫“战争”。德国人一点也不把这当儿戏，打仗不是什么干净的事，也不会让人心情舒畅，闻起来也不香甜。科扎克说，我们都是德国人的意思就是我们都是压路机。听了这话，斯特芬太太哭了起来。科扎克说这也是他的感觉，但努力听上去不那么难过。

黄警来找我的那天晚上我藏了起来。外面整夜的枪击声，斯特芬太太第二天早上就开始抽泣。科扎克实在没办法，只好叫来两个人，帮他把斯特芬太太带到了楼上。之后他把孩子们都叫到自己身边，告诉他们，斯特芬太太最喜欢的一个男孩死了，所以她才那么伤心。他告诉大家那个男孩的名字，可是没人认得他，科扎克又解释说，那个孩子已经毕业了。有小孩问这几天到底在发生什么，科扎克说谁也讲不清楚。但是当天晚上我偷听到科扎克对斯特芬太太说，德国人要杀光所有偷运东西的人。士兵们牵着警犬破门而入，把人们从屋子里拉出来。警察局的人整天在隔离区墙外巡逻。每隔五十米他们就标上数字，每个警察负责一片区域。很明显，德国人是想用这些犹太人把其他人饿死。

斯特芬太太忽然想起，那个被杀的男孩曾经跨过一栋房子的屋顶，帮着运进来半只奶牛。他用六只旅行箱装着，那栋房子因为伤寒病被清空了。这么多牛肉，孩子们高兴坏了。她还记得华沙沦陷后，那个男孩偷偷溜进军队仓库，用两个枕头套装了不少大米和糖回来。

斯特芬太太问科扎克想不想来杯茶，科扎克说要是想泡茶，应该给杰兹克泡一杯，他发烧越来越厉害了。斯特芬又问他想不想喝糖水，科扎克说要是想冲糖水，应该给那个工作人员，他把自己的晚饭让给了哭闹的小女孩。

第二天早上我被分到地下室的运煤槽旁干活，突然兹格姆丝握着一盏碳化灯走了下来。灯芯嘶嘶作响。他先说我看起来像扫烟囱的，又接着说有个男孩让他带着口信来找我。那个男孩说，阿迪娜已经藏不住了，因为德国人说要是她不出来，他们会把她的朋友都杀死。可她一出来，德国人就当着她妈妈的面把她绞死了。那男孩想告诉我，他只要找到我，我的小命就没了。兹格姆丝说完朝我做了个鬼脸，意思是“我的话带到了”。他踢了踢地上的散煤块，握着灯上去了。

“我想，你应该知道另一个常常陪我熬夜的人是谁吧。”看到斯特芬太太出现在门口，科扎克说。我正坐在米特克床上，他还发着烧。

“你睡不着？”斯特芬问，同时充满同情地看了我一眼。屋子里很安静。只有几个孩子呼吸不太顺畅。

“昨天风沙真大。”科扎克说。斯特芬在杰兹克的床脚坐了下来。

“我刚开始还以为暴风雨过后空气会清新一些呢，呼吸也顺畅些。”斯特芬太太对科扎克说。屋子里很热，孩子们把被单踢到了地上。凡是能下地的人，这两天以来一直都在洗地板，可闻起来还是一股酸臭的味道。

每次一熄灯，我就跟科扎克待在一起，因为我总是想起妈妈突然醒来在医院里找不到我的样子，接着她吃惊地发现自己连握紧拳头的力气都没有了。我仿佛还看到，鲁特克的兔皮帽被风吹掉了，露出那熟悉的脸庞。

“我躺在床上的时候发明了一种机器，”科扎克靠着背说，“它就像显微镜一样，能看透人的心思。上面有个旋转按钮，刻着数字，从 1 到 100。要是我调到 99，那么所有连百分之一人性都不剩的人就都得死。要是我来掌管这个机器，世界上唯一活下来的估计大多都是禽兽，其他人都死了。”

“你这一周过得可不容易。”斯特芬太太说。

“要是调到 98，我估计也不在了。”科扎克说。

“嗯，那真是太糟糕了。”斯特芬太太说，科扎克没回答。米特克睡觉时胳膊还乱动。

“孩子们说连小鸟都不愿往这边飞。”科扎克说。斯特芬太太揉了揉脸，满是疲态。科扎克说现在连读书都没法支撑自己，这不是好兆头。

“我昨天碰到布拉了。”斯特芬太太说。听到这个名字，科扎克笑了。斯特芬继续说道：“你能想象吗，他现在已经四十岁了。我总觉得不久前他还是个十岁的小孩子呢，在向我要白菜汤。他现在还在偷运东西。他说自己现在每天早上都给孩子半品脱牛奶和一个菜卷。我问他为什么从不回来，他说自己过得好的时候没时间，落魄的时候又怎么好乱糟糟地回来呢？”

“布拉。”科扎克说，他们两人沉默了一会儿。

“你有没有跟他说让他现在别再偷运东西了？”科扎克忍不住问。

“你还不了解他吗？！”斯特芬太太说。

“什么事都要我去做吗？”科扎克回答。“我去找他？”

“他不会听劝的。”斯特芬太太说。科扎克闭上了眼，没有回答。

“我不知道该拿巴尔比娜怎么办，”科扎克换了个话题，“要是你想看看自己忍耐的极限，就试试帮一个笨蛋吧。”

“她还是老样子，”斯特芬太太说，“以前在别的孤儿院工作，身上可没这么多责任。”

“你把文件交到她手上，地址和时间告诉她，一定要今天送到，”科扎克说，“但她要么把东西丢了，要么忘了带，要么就是害怕，要么就是搬运工让她去别的地方。她会明天去，然后再推迟一天，最后说把东西洗完了再去。洗东西有那么重要吗？”科扎克用手遮住自己的眼睛，斯特芬太太说，你有些刻薄了。

“我是刻薄了点，”科扎克说，“可是在这里工作人就得刻薄一点。你得说点狠话，得不招人喜欢，还得机灵。”

“你发号施令时候那架势够唬人了。”斯特芬太太说。

“我不发号施令，”科扎克说，“我整天出去要钱，要食物。这不容易，很丢人。”

“我知道。”斯特芬太太回答。

“还有你，”科扎克对我说，“你从来不看书。你将来也想变成傻子吗？”

“别把他卷进来，”斯特芬说，“他学业上一直在进步。”

“学业？”科扎克说，“这里是监狱。一条瘟船，一个避难所，一个赌场！一个突然炸开的陷阱！刚刚把大街上的尸体清理干净，晚上就又出现一堆。”

“那也没必要吓唬孩子。”斯特芬太太对科扎克说。

“每个人都难逃厄运。”科扎克说。

“你明天还有很多事要做呢，”斯特芬对科扎克说，“休息吧。”斯特芬太太用玻璃杯旁的水壶往杯子里倒满水。科扎克接过杯子，慢慢喝了下去。

“你知道杰兹克是怎么到这里来的吗？”科扎克问。斯特芬太太深深地吸了一口气，说不知道。科扎克讲道，杰兹克全家都在隔离区里死了，他把父亲的尸体挖了出来，把他父亲的金牙桥拔出来卖了换食物，可又不得不用钱收买人，逃出德国人的转运中心。“你明白我在说什么吗？”科扎克说，“他把自己父亲的头从土里挖出来，把牙从嘴里拔出来，却没能换到他想要的食物。”

听到楼下有人在哭，斯特芬太太便下去看看怎么回事。科扎克之后变得很安静，我以为他睡着了。

斯特芬太太回来的时候科扎克没有睁开眼。“我总觉得那几次围捕之后暂时的平静预示着什么，”她说，“为什么我们被留在这儿了？为什么他们先从老人和孩子下手？为什么你要从安置这些到了陌生地方就会闹事的孩子们开始？”

科扎克坐了起来，又从壶里给自己倒了一杯水。接着他又躺了下去，闭上了眼睛，水也没动一下。

多拉被抓住两次，但每次都回来了，斯特芬太太告诉科扎克说。多拉问他们有没有被带到转运中心跟在队伍后面，因为有时候火车满了他们会让其他人走。

科扎克说这是个好主意。

“我们不能在这个孩子面前说这些。”斯特芬太太疲倦地说。科扎克赞同。

“你不打算上床吗？”他问我。我摇摇头。

科扎克看起来并不吃惊。他说，那个有梦想的科扎克已经远去，他不在这个城市了，而是在沙漠里踽踽独行。他说自己仿佛看到了一个陌生的国度，那里有一条河，河上有座桥。那里还有小房子、奶牛和骏马。他之前从来没有想到，巴勒斯坦的一切竟然都这么小。他一直往前走，直到再也走不动了为止。他就那样走，直到倒下。

# 5

第二天晚上斯特芬太太过于疲惫睡着了，所以就我和科扎克两个人。后来我也在米特克的床上睡着了，醒来的时候天已经亮了，斯特芬太太正要去拿当天的报告。科扎克扯下一扇窗户上的纸，让其余人接着睡觉。科扎克告诉斯特芬太太，瑞金卡得了湿疹，他整晚都在给她涂水杨盐酸，直到她能听见响声，能看清颜色。瑞金卡吐了两次，腿上的块也已经变白，不再疼了。科扎克说米特克呼吸还有困难。

“你的烟可能没用了。”斯特芬太太说。

科扎克说烟对孩子们来说是最好的祛痰剂。斯特芬太太说，只是他一个人这么认为而已。有时候她上来空气差到她都不能呼吸了。科扎克说斯特芬太太让他想起了女人这一整套麻烦事儿——老婆、奶奶还有做饭。他的父亲常常为了家里能多一点儿安宁而屈服。

“安伦还没醒吗？”斯特芬太太问，我没听到科扎克说了什么，但我也没动，头倒向另一边。

斯特芬太太接着说，有两个女孩已经不喊饿了，但是看起来像在冬眠。其他人饿得睡不着。她给他们都盖上被子，可孩子们还是觉得又渴又冷，排便也不正常。斯特芬太太拿手指按一按他们的皮肤，要两分钟才能复原。有个孩子虚弱得连扣子都扣不上。有些孩子实在饿得受不了，就在厨房附近窜来窜去。大家都生了疥疮，长着皮癣。

饿死的过程特别平静，科扎克对斯特芬太太说。十分缓慢，一点一点消磨人的意志。就这样一直到乌鸦、老鼠、狗来啃食死人的尸体。

“别说了。”斯特芬太太回答。

“我是不是挺无情的？”科扎克问她。

“你只是没在帮忙。”斯特芬太太说。

“我发现只要告诉自己，孩子们在这里一样有可能恢复健康，也有可能死亡，就像在医院里一样，我的心里就会好受些。”科扎克说。

“是的，”斯特芬太太说，“今天有件事挺奇怪。我早上倒夜壶的时候发现门外边街上站着一个男孩。”

“我能闻到氨水的味道，”科扎克说，“那有什么奇怪，你没让他进来？”

“他不想进来，”斯特芬太太回答，“他就是想看看大厅，我还让开好让他看清楚。我问他干什么，他就走了。”

“我知道他怎么想的。”科扎克回答。

连着两天我都站在窗户旁边往外看，却没见到鲍里斯。有个戴着蓝帽子的男孩倒是每天都来看孤儿院，但不是鲍里斯。我整天待在屋里。大家都说我自私，因为我上厕所时间太长。大家就到底谁晚上睡得最糟糕而争论着。他们都很关心早上量体温的结果。“多少度？”工作人员还没读出来数，他们就着急地问，问完又好奇想知道别人的。

晚餐的时候科扎克向大家宣布，孤儿院要上演一部新的舞台剧《邮局》，是位印度诗人写的。演出会在之前三层的那个舞厅举行，我们好好打扫清理一番，接下来一两天内就能读到剧本了，然后就进行排练。导演是工作人员，叫艾斯特卡。科扎克让大家向她表示感谢，她也向我们大家招了招手。

孤儿院里新来了个女孩，被她哥哥送来。那女孩每天晚上都做噩梦，哭闹不止，吵得大家都睡不着。她叫吉娜，今年九岁，白天的时候虽然不烦人，却也不干活。吉娜的父亲死于结核病，母亲和妹妹们也被伤寒病夺去了生命。吉娜的哥哥在送她来这里之前，给她穿的衣服上缠了很多丝带，挂了不少珠子，还有小布条。第一眼看到她的时候我问她是不是霍屯督[①]人，她扑哧笑了出来。吃东西的时候吉娜会用手遮住自己的盘子。天黑之后，她哭闹得特别厉害，于是有几天晚上我睡不着，就带着她上了三楼，这样大家也能睡个好觉。吉娜号啕大哭的时候我就坐在她身边。她告诉我，哥哥叫萨缪尔，今年十七岁，在一家商店打零工。吉娜还跟我学她是怎样脚踩着哥哥的脚，搂着哥哥的腰，哥

---

① 南部非洲的族群，主要分布在纳米比亚、博茨瓦纳和南非。

哥走到哪里她就跟到哪里。吉娜的姨母不喜欢她，嫌她会把所有的面包都吃掉，一眨眼什么都不剩了。姨母让她哥哥把她送到这里来，这样吉娜就不会总偷吃面包了。说着说着吉娜平静了下来，但是三楼的蜘蛛让她很无奈。我对吉娜说，要是她不再哭闹，就可以下去，她答应了。第二天晚上我去看她的时候发现她在默默流泪。吉娜伸出手掌，让我看她手里的蜗牛壳，她嘴里哼着："小蜗牛，小蜗牛，快快伸出你的角。"我们俩等了一分钟，蜗牛果真探出了头。

不出所料，按照艾斯特卡的计划，我们连临时的道具和戏服都不够用，第二天一大早科扎克对我说。他站在我的床边，"堂吉诃德和他的使者又该出去了。"他说。我告诉科扎克我听不懂他的话，他说他习惯了。我又跟他说我不想去，他说他也习惯了。

"不能叫别人跟你一起去吗？"我问他，因为我怕碰上鲍里斯。

"斯特芬太太问我最近为什么这么喜欢带着你，"科扎克一边说，一边等我找自己的鞋子，"我倒觉得没什么好奇怪的。"

外面有人要杀我，我对他说。说话的时候我没敢看他的眼睛。

"跟我在一起没事的。"他说。他走到大门口，站在外面装作检查钱包，直到我鼓起勇气跟了上去。他说，我每照顾一个新来孤儿院的人，就能得到一张“好人卡”。“好人卡”可以用来换糖果。

和往常一样，早早在外面晃荡的人只有乞丐了。有些紧紧攥着捡来的东西蜷缩在角落里，有些衣服破破烂烂，挨个乞讨。我看到有个男孩长得很像我弟弟，他的臂章上写着犹太人能帮忙节约。那男孩察觉到我在看他，便露出自己黑乎乎的牙齿。“你好啊，”他说，“你知道自己还能活几天吗？”即使科扎克给了他几个格罗兹，男孩脸上还是一副恶狠狠的样子。一对年迈的夫妇绕着我们三个人走来走去，眼睛在人行道上四处看，好像在找什么丢了的东西。

我们来的第一户人家听科扎克讲完戏剧的内容，又见他突然咳嗽了起来，就给了他足够的钱。“这个消息大家听了一定会很高兴的。”科扎克说。可我们刚往回走，就看到两具尸体被纸盖着躺在大街上，科扎克停了下来。石头没压住的地方，纸被风吹了起来。

我们经过一座被绳子捆着的壁炉钟。“你知道吗，我还是个医学生的时候，下课后我常常深夜里坐在验尸间，”科扎克说着，我们继续往前走，“我给门卫付钱，让他允许我待在那里。”

我一边走一边挠虱子。我想起了妈妈。即使在生命的最后一刻，她还在祈求我每天一定要用煤油。可最后我还是撒谎骗了她。医院里我对她大喊，让她别管了。她扭过头对着墙壁，让我离开。

科扎克拉着我的胳膊，我们差点儿摔倒。“我就那么坐在验尸间里，盯着那些死去的孩子的脸，”他说，“我在那儿干什么呢？在找什么呢？”

一队黄警从我们身边跑了过去。科扎克还在想他的问题，我告诉他我也不知道。

“我过去是个多么奇怪而无可救药的人啊！现在也是。”科扎克自言自语。他说自己应该带支烟出来，该把早饭吃了。

“碰上好的年代我也不知道该做什么，”科扎克说，“我母亲说，外祖父总是习惯压抑自己，即使彩票中了奖也憋了一个星期才说。”

我们跨过一张挡着人行道的桌子，抽屉开着，墨水池裂开了。科扎克在想，要不要让孩子把这张桌子搬回去。他又接着说，要记得提醒他跟克莱姆兹特克谈谈，送来的煤质量太差了。回去的路上他的脑袋晃来晃去，像是脖子疼。

准备工作就绪，我们便开始了在三楼的彩排。吉娜那天晚上告诉我，她被分到了叫苏达的女花童角色，我说，你就算不穿戏服看起来也像花童。虽然杰兹克还发着烧，还是被分到了托钵僧的角色，他也开始练习他的魔术了。科扎克说主角最后才定，他想让我试试。我问主角是干吗的，他问我剧本能不能读下来，我说不能。他说主角是个男孩，他虽然挣扎在死亡边缘，却启发了所有人。

“那他是个英雄喽？”我问。当时大家都在整理床铺。

“算是吧，”科扎克回答，“我觉得你会演得很好。”

“你说他？”斯特芬太太问。

就是他，科扎克回答。我虽然嘴上拒绝，心里却还挺惊喜的，他居然让我演主角。第二天科扎克当众宣布主角是个叫阿布拉沙的男孩，他会拉小提琴。

我、兹格姆丝还有另外一个男孩一起清理垃圾箱的时候，看到鲍里斯和一个戴着草帽的高个女人沿街走了过来。看他们的样子，鲍里斯应该没有发现我。倒垃圾回来的时候，我侧着身子穿过在浴室门前排队的孩子们，上了三楼，钻进了一块标着市长官邸的幕布后面静静等着。接着一阵脚步声，有人进来了，关上了门。透过旁边的缝隙我能看到外面的一切。

戴帽子的女人和科扎克走了进来，我并没有看见鲍里斯。他们互相端详着对方的脸，说道能再见真好。科扎克把排戏的事情告诉了她，那女人则讲了自己是怎么进入隔离区的。她还说自己带来了些蜂蜜蛋糕、维生素 B 给孩子们，科扎克说谢谢。

他们俩沉默了一会儿。科扎克问那女人来这里干什么，她回答说来把科扎克弄出去。科扎克说他猜到了。科扎克又问她凭什么觉得能把他带出去。那女人回答，自己是犹太人救助委员会的成员，专门负责分发报纸，号召波兰人起来帮助犹太人。他们也一直在运人。科扎克又问，是不是只有自己一个人会离开，那女人回答说还能带上三四个，之后便不说话了。

我能听到楼下孩子们的声音。有人试着推门，但发现门锁着就下楼去了。

“我希望你能接受我的帮助。”那个女人说。

“我们这里的这些人，要是今后遇到了，”科扎克最后对她说，“我们怎么能看着对方的眼睛而不问一句，‘你是怎么躲过那场灾难的？’”

那女人盯着自己的手。“为什么就不能有一些人得到拯救呢？哪怕只是几个？”她问。

楼下有人摔碎了盘子，孩子们随之哄闹起来。

那其他人呢？科扎克问。她能想象得到那些没被救走的人的结局吗？“潘医生走了。就在黑暗中待着吧。”他说。

那女人似乎哭了起来。“我们印发报纸，”她说，“你们演戏。这两样有什么用呢？也许我们该学着用枪杆子解决问题。”

科扎克笑了。“我倒是想加入地下组织，可他们又有什么呢？”他说，“有个组织倒是有手枪，他们让我看过。”

“你可以出来了。”他们俩又坐了一会儿之后科扎克喊道。我站了起来，在幕布旁挪着步子。看到我那女人一点儿也不吃惊。“你送玛利亚离开吧，她是我这里最成功的毕业生之一。”

“和她一起来的那个男孩就是我说的那个。”我对科扎克说。但他没答话，我跟着他到了楼下。我想退缩的时候他让我别怕。在前厅，他吻了那个女人的两颊，女人在科扎克的嘴上亲了一下。鲍里斯站在门旁看着他们，看到我却像没见过似的。

“请务必好好考虑我们谈的。”那女人对科扎克说。

“我倒希望自己别再想了，”科扎克回答，“请代这里的孩子谢谢你的朋友。”

“你睡着了吗？”科扎克关上门后回过头来对我说，“你打算就一直这么站着，眯着眼睛吗？”

走到厨房，一个小女孩拦住了他。“你是第十个问我蜂蜜蛋糕的人了，”科扎克对她说，“除了蜂蜜蛋糕，就没有别的事要做了吗？”小女孩听了，走到斯特芬太太跟前，斯特芬太太给了她一个拥抱。“难道非得我的脑袋后面长着眼睛看大家干活吗？”科扎克对大家喊道。

一大早，科扎克以为大家都还没醒，便自顾自地大声读起信来。之前的晚上我坐在楼梯上，看着周围一片黑暗。一整天，我都在想为什么鲍里斯的反应那么奇怪。

科扎克将自己的信举到灯光下面读了起来。“致《犹太报》编辑：尊敬的主编先生，谢谢您对我们孤儿院活动的肯定和高度评价。但是，‘吾爱吾师，吾更爱真理。’这家孤儿院过去不是、现在不是、将来也不会是我科扎克一人的孤儿院。我个人力量微弱，财力不足，能力有限，难以维持将近两百个孩子的生活，保护他们，给予他们温暖，让他们重获旺盛的生命力。这项伟大而艰难的任务——”

科扎克停下来，清了清嗓子，把纸放下，在上面做了一些标记。“这项任务的完成离不开成百上千的人们的善心、智慧和远见。当然，也离不开孩子们自己的付出。”

科扎克又停了下来，眼睛还盯着手里的那张纸。“我们并没有太多信心做出什么承诺。不过，我们相信舞台剧能为您带来最高层次的观感体验，这部剧是由一位思想家兼诗人的美丽童话改编的。因此，我们孤儿院全体成员邀请您——”科扎克接着读道，“我们借此机会邀请您……”

他站起来，视线从纸上移开，坐在了床上。

纸板上写着三周的排练时间，演出日期定在了六月十八日，星期六。不参加演出的人要是手头没活，都被请来提意见。之前的一天大家食物中毒了，那些没有呕吐、拉肚子的工作人员提着一壶一壶的石灰水和吗啡在黑暗中穿梭，照顾那些病情严重的人。米特克做了个噩梦，很恐怖的梦，不停地叫喊，浑身烧得发烫，看上去快要渴死了。科扎克朝着米特克大喊，再叫就把你扔下楼梯，丢到大街上去。

“看来你吼那么一声起作用了。”斯特芬太太等了一会儿说，他们正用破布清洗那些吐出来的东西。

“领导一吼，一切在手。”科扎克说。

“米特克让大家都不好受。”斯特芬太太说。

“我是疯子的孩子，”科扎克说，“直到今天，想到这个我就不好受。”

第二天大厅里乱得像战场一样，但是下午五点之前演员们都穿好衣服准备就绪了。

屋子里坐满了观众。虽然开着窗户可还是很热，观众们只好静下心来看节目，这样才能凉快些。不过空气里还是有股前一天晚上呕吐物的味道。

科扎克首先对大家的到来表示感谢，接着告诉大家，一群波兰聚居区的犹太儿童将通过自己语言表达一位印度作家的思想。灯灭了，舞台幕后传来低语声，前几排的孩子互相推搡着。舞台剧一开始像是给小孩子们看的。阿布拉沙扮演的是个生病的小男孩，他不能离开自己的房间。灯光下他那粗粗的眉毛让人觉得他很生气。他分别跟医生、母亲、继父、巡夜人、市长、托钵僧还有卖花女展开了对话。接着来了一个穿着白大褂的贵族医生，阿布拉沙对大家说他不再疼了。当扮演继父的男孩问，把灯灭了，拉开窗帘让星光透进来干什么时，吉娜，也就是卖花女孩走上前伸出手说："别说话，你这个不相信上帝的人。"这时全体观众都屏气凝神，好像准备全神贯注地听他们要说什么。坐在我旁边的小孩刚准备挠痒痒也停下了。

医生说阿布拉沙睡着了，吉娜问他什么时候会醒过来，医生说等国王来把他从这个世界唤走的时候。卖花女孩问医生能否代她朝阿布拉沙的耳朵里传句话，医生问她要说什么。吉娜在灯灭前说，请告诉他，我还记着他。

每个人都说自己被这部戏感动了。一位戴着中国帽的老太太对科扎克说，你真是个天才，在老鼠洞里都能创造出奇迹。科扎克开玩笑说，这可能就是为什么大家都住进了皇宫，而我却住进了老鼠洞。

四天后，一大早街上就乱哄哄的。厨房里斯特芬太太祝科扎克生日快乐，递给他一杯她自己煮的东西。接着斯特芬太太看到外面一列一列的蓝警，还有立陶宛人和乌克兰人，他们穿着黑色的衣服，衣服带着棕色的皮领。鲍里斯曾教过我辨别制服。一个从医院带口信的男孩气喘吁吁地跑了回来，他说医院里的孩子都被送到了德国人的转运中心，连病号服都没换就被丢到了铁轨旁边。科扎克听了赶忙拿出一些藏在壁炉后面的钱，冲出门去。屋子里的孩子们还在叽叽喳喳地议论。

我追了出去。要是看不见他了我该去哪找他呢？我撞上了一群跑步经过的人，一个带着手提包的男人把我撞倒了。紧挨着的一栋楼里，人们都从院子里跑了出来，落在队伍后面的人担心被抽打，拼命往前挤。我们一群人像河一样被沿街赶着，却仿佛又被什么障碍物困住了。我看不到科扎克是不是也在人群里。他们赶着让我们排成四列，在大街上猛推我们的腰腿。有个立陶宛人专门发号施令，见到谁不听话就拿棍子往谁头上打。我们蹲在原地，有越来越多的人也被赶过来蹲了下来，大家都在哭闹，在人群中呼唤自己的朋友和亲人。有人在喊：“我的孩子呢？告诉他们我就要走了。”或者：“我还有一台缝纫机”，“我在托本家工作”。黄警守在人群旁边，立陶宛人站在后面。过了一会儿，他们又让我们站起来往前走。

我费尽力气走向离我最近的黄警，大家立即开始对他呼喊起来，把自己的名字告诉他，问他能不能帮帮忙，告诉他们的家人他们在哪。黄警让他们闭嘴。我靠近他问他认不认识里杰金，结果他用棍子朝我的脸上打了一下。

一个小女孩把我扶了起来，她哭着对我说，希望他们能把她送回家，她好照顾妹妹。我问她为什么要对我说这些，这时一个女人抓住她的手把她拉开了。趁警察不注意或头扭向一边的时候，人们有的逃开，有的跳进门里，有的跳下地下室的楼梯。

经过一栋公寓的时候，一个蓝警把一个小女孩拖进了人群中。趁他还没把门关上我赶忙钻进了屋里。女孩喊了一声“警察先生！”就不见了。里面的门锁着，我紧握住外面的门把手，直到一切都过去了，大街上安静下来。

我开了条门缝，透过缝隙看到街上躺着一只侧翻的鞋。我的脸僵住了，握着门把手的胳膊不停地颤抖。突然我听到一阵金属碰撞的响声，便把门缝开得大了一点。

街上一个德国人正用刀把儿敲着他枪上的螺栓。他脚边地上躺着一副眼镜。离我比较近的地方躺着一个女孩。

我关上门，却还能听到她的哭喊。周围的房子安安静静。我最后又往门外看了一眼，女孩已经死了，整条大街空荡荡的，只剩下她和她的眼镜。鞋子也不见了。阳光刺着我的眼睛。

来到临街，我一路沿着地上的箱子和散落的帽子往前走。沿街的窗户嘎吱嘎吱地响。一扇窗户不停地撞击墙面发出声响。被撕碎的床铺里面的羽毛在空气中飘浮。

我开始往孤儿院走，遇上两个抬着甩干机的人，仿佛虏获了什么战利品。特华达街上，一个德国人拿着一根长长的棍子指着一堆衣服，我看到就躲了起来，直到他离开。希安娜街上，乌克兰人靠着隔离墙坐着，看他们的样子很累，敞着衣领喝水。我穿过院子进了孤儿院。

孩子们都聚集在楼上的房间中间，窗户上还挂着纸。大家都坐在地上。斯特芬太太抱了抱我，科扎克用胳膊搂着熟睡中的米特克还有另外一个小女孩。斯特芬太太让我去洗洗脸。

有些孩子在小声说话，但大多数人都是静静地听着。外面时不时传来枪声、哨声还有靴子踩在地上的声音。每过一会儿就有人起来小便。

我们就这样待了一天一夜。没有晚饭，也没人点灯。天色暗下来的时候，科扎克站起来，穿过睡觉的孩子们，抬起窗户纸一角查看外面的情形。他小心地两腿跨开，斯特芬太太在他下方的地板上睡着了，嘴巴微张。科扎克发现我在看他，便抬起一根手指放在嘴唇上，示意我不要说话。我们这么互相看着对方，直到太阳升起来。外面除了偶尔的几声枪响和黑暗中发出的叫喊以外，整个城市仿佛都消失了。

那之后科扎克还是每天出去，但不让任何人跟着。回来后，只要有人想听他讲外面发生了什么，他都会详细地回答。最小的孩子们牵着稍大一点的孩子的手，很骄傲自己也能听到科扎克的讲述。

科扎克说，保护犹太人的地下组织成员已经被抓起来了，他们的家人也被当成人质关押起来。他说德国人宣布，所有犹太人都要移出华沙，只有一些工人能留下来。凡是自愿移出华沙的，能得到三公斤面包和一罐果酱。科扎克告诉斯特芬太太，德国人本来要选择在禁食日节这天展开行动。有个孩子问他为什么，科扎克回答说，因为那一天是纪念巴比伦地尼布甲尼撒王摧毁所罗门圣殿，以及罗马皇帝提图斯摧毁第二神殿的日子。他说德国人会一条街一条街，挨家挨户地搜查那些锁上的或者门闩坏了的门。第一天街上的人都赶走后，第二天他们还会回来抓捕那些藏在已经搜查过的角落的人。

科扎克说，他从一个犹太警察的手里救了一名过去的学生。科扎克对那警察吼道，我下午刚救了你的女儿，那个警察才放他们走。其实他根本没救，不过那个警察也不知道。

科扎克说他还不小心被人扔上了巡逻的马车，过了一个街区后，有个黄警认出了他，把他从车上弄了下来，还警告他不要逞英雄，否则大家都会丢了性命。要是只有断条胳膊或者丢条腿才能保住性命，那也只有认栽了。要是犹太人都像那个黄警一样出手相助，会不会少些无谓的丧生，也就不会那么残忍了？

斯特芬太太问，难道这样犹太人就应该被赶到陌生的地方，没有新衣服，什么都没有，连面包都没的吃？

好多孩子都在哭，科扎克说那个黄警已经跟他保证过，孤儿院太有名了，德国人不会碰。外面大家都忙着搞各种文件，过去是大企业首脑的那些人，现在能当个清洁工，打扫打扫工厂的院子都是万幸了。大家都说刷子制造厂的人最幸运，因为他们现在被军队控制。除此之外还有普罗斯塔街上托本的工作坊，因为他是戈林①的姐夫，所以大家都想借助托本的关系躲过这一劫。但是大家谁也不清楚到底什么东西有用，什么没用。今天看起来似乎很安全的东西，到了明天就成了泡沫，没用了。科扎克还说自己被困在马车上的时候，听到德国人骂一个女人是傻瓜，她带的文件上盖满了各种各样的章和签字。德国人嘲讽她说，你能指望的最有用的文件就是地窖了。

到了晚上，大家都不敢出声，静静听着，以防巡逻的人来察看。有人从藏身处溜出来找水和食物，发出窸窸窣窣的响声。要是楼下有人哭出声来，或者喊叫起来，我们也不允许透过窗户往外看。

大家几乎都没睡着。夜深了，科扎克和斯特芬太太在三楼说话。有时我会在楼梯上偷听，有时不会。他们说话的声音太小了，我听不全。科扎克对斯特芬太太说，奥戈罗德瓦街上一整天

① 纳粹德国的政军领袖。

枪声不断，让之前从自己家出来的人也不敢回去了。斯特芬太太问科扎克他是怎么知道的，科扎克反问道，你说呢。他接着说，这个关头人要是能活下来，无论外边发生了什么都不能出来。

科扎克还说，有些孩子来到转运中心想和家人一起离开。那些幸运的没被带走的孩子就从空房子里偷东西，其实这已经算不上偷了，因为里面什么人都没有了。他说，那天黄昏看到那些乌克兰人，他就想起了丰收季末的那些农民。

第二天科扎克回来的时候满脸沮丧，把自己关起来不见任何人，直到斯特芬太太跟他一个人谈话的时候他才开口。外边不时传来警车鸣笛的声音、口哨声，还有人们跑来跑去的声音。

科扎克说，他好不容易找到德国人的转运中心去找艾斯特卡，经过乌克兰人、德国人和犹太警察的层层关卡，终于找到了。他本想带她去医院，可在大门口他问一个蓝警，能不能帮帮自己的助手，这个助手对孤儿院很重要。那个波兰人回答说，你心里很清楚我帮不了什么忙。这时又来了一个波兰人和一个犹太警察，把艾斯特卡拽走了。科扎克就那么站在那儿，看着一切就这么发生了。他最后对那个波兰人说了句谢谢。科扎克说，他已经被逼得在没什么好感谢的情况下都会说“谢谢”了。

有些孩子试着从我身边的楼梯爬过去，问我科扎克和斯特芬太太在说什么，我回答不知道。我没听到他们还说了什么。最后我听到科扎克对斯特芬太太说，他们还要照顾楼下的孩子呢，要记着，假如艾斯特卡小姐没有回来，她也同样会帮助别人的，就像她在孤儿院的时候一样。

接下来一天早上，有个犹太人地下组织成员跑着来到了孤儿院里，说捷尼亚科夫已经自杀了。他的秘书在办公室的椅子上发现了他。捷尼亚科夫在自杀之前给妻子还有犹太委员会分别留下了字条。来的人把写给犹太委员会的字条递给科扎克，科扎克读完后，重新折起来还给他，之后那人便离开了。

斯特芬太太听到捷尼亚科夫自杀的消息后，两人面对面默立着，额头紧贴。

那天早上剩下的时间里，其他的工作人员还是照常布置任务。科扎克和斯特芬太太坐在厨桌旁，喝着一杯凉茶。“捷尼亚科夫解脱了。”斯特芬太太最后说道。

“他放弃了去巴勒斯坦的机会，为他的同族人献身。”科扎克回答。

他们两个还待在厨房里的时候，兹格姆丝突然来说外面有两个男孩子想见我。我刚把前门开了个缝，鲍里斯就把我拉了出去，另一个把我身后的门关上了。我吓得没听清鲍里斯一开始在说什么，最后另一个男孩给了我一巴掌我才回过神来。他问我了解不了解泽拉左纳街上那栋房子的内部情况，就是德国人之前建的那座。他还让我描述里面的房间是什么样的，我照他说的做，男孩似乎也很满意。接着他又问我，我多久去一次那里，都是什么时候去的，有没有德国人把守。男孩说他们需要我帮助他们摸清里面的状况，把握好去那里的时机。我问“他们”指的是谁，那男孩说是他们一帮人，我又问他们那一帮人里面都有谁，他说关你屁事。

鲍里斯还抓着我的衣服。我问他凭什么我就得帮他们，鲍里斯说要是我不帮忙的话他就杀了我。我说，那你动手吧。他们盯着我看了一会儿，最后另一个男孩问，你想要什么。我说我得想想。后来我告诉他，我希望科扎克平安无事，还有斯特芬太太，估计科扎克也希望如此。鲍里斯哼了一声。另外一个男孩想了想答应了，要是我提供帮助他会帮我完成心愿，他让我等消息。之后两人便离开了。

当天晚上，吉娜的哥哥萨缪尔在宵禁之前来了，吉娜扑进哥哥的怀里，其他孩子围在旁边静静地看着。斯特芬太太和科扎克将胳膊抱在胸前，注视着他们。吉娜哥哥说他要跟科扎克和斯特芬太太谈谈。吉娜和她的小伙伴们在屋里等着，吉娜哥哥和他们俩坐在厨房里。之前喝茶的杯子还在那里，只不过杯子里的水少了。我坐在大厅门口，靠着门道。

吉娜哥哥说，他知道德国人是不会动孤儿院的，但是他也不能确保这里就是安全的。况且他答应过母亲，要好好照顾妹妹，后来他又时常做噩梦梦到妹妹，以及这几天发生的事情，更坚定了他们要待在一起的决心。但是他自己也几乎不了解和他住在一起的那对夫妇，也很担心白天出去工作的时候妹妹一个人在家会害怕。

吉娜哥哥静静等着科扎克说话，但科扎克沉默着。斯特芬太太最后说，他们觉得孤儿院会安全一点，把孩子带走对孩子们不好。当然他们尊重吉娜哥哥的决定。

吉娜哥哥跟吉娜谈了谈，她也无法决定，不过第二天早上还是跟着哥哥走了。但是紧接着那天早上吉娜哥哥又把她带了回来，因为吉娜一个人在家的时候听到了一些事情。吉娜哥哥带她回来的时候正赶上大家吃早餐，就把她领到了座位上。他擦了擦自己眼泪，对吉娜说，我有机会一定会回来看你的。吉娜说，哥哥你很能干，要好好照顾自己。后来吉娜拿起自己的勺子把头扭过去了。吉娜哥哥离开后，斯特芬太太问科扎克为什么是他在招呼大家吃饭，科扎克回答说，他喜欢有事做，收收汤碗、勺子、盘子之类的，这样他就能知道谁跟谁坐在一起，而谁又经常落单了。

吉娜回来之后的那天晚上，科扎克已经睡着了，有人在轻轻地敲后门。我握着灯走到门口，打开门栓，鲍里斯猛推了我一下，他和另外一个男孩赶忙进来，把身后的门关上了。

"有什么需要我帮忙的吗？"科扎克问。他穿着睡衣，没戴眼镜。

"去厨房吧。"另一个男孩说，他从我手中拿走灯，把我们带到了厨房。

他们都坐在桌子旁，我站在他们面前。“我们又见面了。”我对鲍里斯说。

“是啊。”鲍里斯回答。

“是啊，回来感觉还不错。”另一个男孩说。接着他们告诉科扎克，青年运动的代表们已经见过面，建了犹太战团，他们的第一个任务便是告诉所有人，凡是被驱逐出华沙的都会被送到特雷布林卡[①]的集中营里用毒气毒死。他们已经在分发传单了，可是传单却被犹太人地下组织销毁了，他们把犹太战团当成德国人在挑衅，以为德国人威胁他们要杀了所有人。

“要是所有人都被毒死了，你们又是怎么知道这条消息的呢？”科扎克问。

每周都会有一两个人从火车上逃出来，回到犹太区。男孩回答。

“那些人可靠吗？”科扎克问，“他们又是怎么逃出来的呢？”这时我问科扎克要不要把他的眼镜拿来，他说不用。

“我是把隔离电线从窗户撕开窜出来的，”男孩看着科扎克的脸说，“我可不是大力士。我之前有人弄开的，及时逃脱了。”

三个人互相盯着对方。我想：要是我，我也会那么做。即

---

① 特雷布林卡是纳粹德国修建的灭绝营之一，位于波兰东北部，建于1942年夏初，是“莱因哈德行动”的一部分，纳粹计划通过该行动灭绝波兰地区的犹太人。有875 000名来自波兰和希腊的犹太人被系统性地杀害，已知幸存者仅67人。

使踩着别人的头我也会去做的。

“有些人把地板或者车厢板撬开。”男孩说。

“就在火车还往前开着的时候？”我问，男孩瞅了我一眼，我不再说话。

“火车上没有人看着吗？”科扎克问。

“有人看，”男孩回答，“有些逃跑的被打死了，有些没有。”

科扎克听到这些似乎还很淡定。“那么你是犹太战团的一员了？”他问。

男孩说他们来这里的目的有两个，第一个是把科扎克救出去。

波兰地下组织总是想办法帮我逃出去，科扎克对他说。但他总是拒绝，除非他们能把这里所有人都带走。

“他们希望带你走，是因为你是唯一一个被他们当作波兰人的，”男孩说，“但我们想把你弄出去不仅仅是因为你是著名的‘科扎克’医生，我们想让你帮我们传播毒气室的消息。”

“为什么大家会听我的呢？”科扎克说。

男孩不作声。“你跟他说吧。”他转向了我。

“说什么？”科扎克问。他们三个人都看着我。

“他们两个之所以来这儿是因为需要我的帮助，”我告诉他，“我跟他们说如果他们想要我帮忙就得帮我干这个。”

“做什么？”科扎克问。他又吃惊又失望，我不敢直视他的眼睛。

“把你弄出去。”鲍里斯说。他说德国人在泽拉左纳街上布置迁移的事情，里杰金是负责这件事的犹太人，而我为里杰金和盖世太保透露消息，也就是说我能进去那个地方。既然我能进得去，时机到了我就能帮他们进攻那个地方。

“你们想让安伦帮你们袭击办公室？”科扎克说。

“安伦开出的条件是把你救出去。”那个男孩说。

“你们什么时候商量好这一切的？”科扎克问我。

“他们昨天来孤儿院了，”我对科扎克说，“我们在前门的台阶上说的。”

“你什么时候开始觉得你能做这些事的？”科扎克问我，说话的口气像在跟德国人讲话。

“安伦现在就得跟我们走了。”鲍里斯说。

“在你们把科扎克弄出去之前，我什么都不会为你们做的。”我对他们俩说。

“你有枪吗？你有炸弹吗？”科扎克问。

“我们很快就能拿到枪和炸弹了。”鲍里斯回答。

“从哪弄的？”科扎克问道。

鲍里斯最后说，他原计划是接下来一天的晚上四点把科扎克带到普罗斯塔街角的墙边，那里有个梯子，有人会在墙的另一边等，把科扎克带出华沙。

科扎克走到水池边，背靠着我们。“等我消消气再跟你们说话。”他说。

另一个男孩把水杯像棋子一样在桌子上移来移去。我看着鲍里斯，他只是耸耸肩。

科扎克转过身。“那孤儿院里所有的孩子该怎么办？”他问我，“我现在离开，就让这些孩子在这里等死？”

我手捂着脸。“我只是想救你。”我说。

另一个男孩说：“鲍里斯选择的地点就在你们偷运东西时的那段墙上。他选择的地点很好。”

科扎克想了想对我们说：“那些孩子们互相争执的时候有句话是这么说的，看我把你装进麻袋里扔掉。”

“那就实话告诉他们，”男孩说，“我们救不了他们。”

“告诉他们自谋生路？”科扎克生气地问，似乎把他们俩也吓到了。

“他们都得靠自己。”另个男孩回答。

“我不会丢下他们不管的。”科扎克说。每个人都盯着自己眼前的那片地方。

“那么你不走了？”男孩最后对科扎克说，“要是他不走你也不打算帮我们了？”他又问我。

我还捂着脸。斯特芬太太这时站在门口。

“说不定科扎克会改变主意的。”我说。

“但你现在就得跟我们走。”鲍里斯说。

“把老医生留在这儿？别人也都留在这儿？”我问。

“安伦不是那种残暴的孩子。”斯特芬太太说。她清了清嗓子，又把刚才的话重复了一遍。

“沙玛？沙玛我还不了解吗，”鲍里斯说，“就是因为他我失去了两个朋友。沙玛除了自己谁也不在乎。是吧，沙玛？”

另一个男孩从桌子旁站起来，他把杯子放进水槽的时候看起来有些伤心。“我们让你干什么你就干什么，”他对科扎克说，“在对付德国人这件事上，能简单就简单点。”

“两位，我们谈得够久了。”科扎克对他们说。斯特芬太太走了过来，一只胳膊搭在他的肩膀上。

“瞧，安伦在哭呢。”鲍里斯对另一个男孩说，好像他早就知道我会哭一样。我把手握成拳头放在额头，仿佛这样就能减轻我心中的矛盾。

另一个男孩说，犹太人比任何人想象的都要好战。战争开始的前几天，姆拉瓦街附近有一个防空哨岗，一次空袭中大家都忙着逃跑，而犹太人却击落了十七架飞机。“十七架飞机啊！”他感叹道。

“您不走吗？”我问科扎克，他把脸扭了过去。

“你就出点力吧。”鲍里斯最后对我说。

“算是为你过去犯的错做一点补偿。”另一个男孩说。

“我从来就没什么用，”我对他们说，“我也无法补偿。”

他们俩盯着我。“我就从来没想过这家伙会帮我们，”鲍里斯一边说一边指着科扎克，“但我觉得他有可能会。”

另一个男孩恶狠狠地看着我。“要是没人在里面照应，我们就没有机会，”他对科扎克说，“你跟他说说吧。”

“那是安伦自己的决定。”科扎克回答。

虱子和臭虫弄得我头和胸前都很痒。我用手抓来抓去。“能给我一天时间考虑吗？”我问。

“不行。”男孩说。

“那我也不行。”我回答。

鲍里斯和另一个男孩走后，科扎克回到了楼上的房间，斯特芬太太跟着他。我坐在黑暗中，周围是熟睡的孩子们。我坐了一会儿再也忍不住了，爬上了楼梯。

科扎克和斯特芬太太正坐在一起。科扎克扯下一张窗户纸，屋里的床单显现出白色的光。他静静地攥着撕下来的纸。只有几个孩子被他揉纸的声音弄醒了。

“今晚的月亮好大，照着我们这群无助的朝圣者。”科扎克自言自语。我从没见他这么伤心过。

“对不起。”我站在房间另一边说。

他点点头。“你知道为什么我这么生气吗？”科扎克问。

“我只想让你平平安安。”我回答。但他好像没听到。

“要不要我给你拿点喝的？”过了一会儿斯特芬太太说。

科扎克摇了摇头。“坐过来。”他拍拍床单，没看我。

我穿过床铺，坐在科扎克的床脚，挨着斯特芬太太。科扎克躺下后我们也跟着躺下了，不过我们的脚都还挨着地。我们静静地听着他的呼吸。

“你知道吗，在我还是个学生的时候，有一次去瑞士的旅途中我遇上了斯特芬太太。”科扎克说。我摇了摇头，不过他没看见。斯特芬太太被逗笑了。

“我们第一次见面的时候，坐在公园的长椅上长谈，我对斯特芬太太说我的父亲是一位心理医生，但是立志成为儿童们的卡尔·马克思，”科扎克说。

“谢谢你，”我对他说，“把我带到这里。”

“她当时特别有自信。”科扎克说。

“我现在仍然很自信。”斯特芬太太说。

“她当时正在吃一个还没熟透的梨。”他说。斯特芬太太朝科扎克的方向伸了伸胳膊。我碰到了他床单下的膝盖。

“在你的脑海深处，总是想着德国人来了该怎么办。”我们静静躺着，沉默了一会儿，科扎克说道。他摸着自己的眼镜和烟，睡着了。

科扎克第二天醒来的时候我还没醒，他正用胳膊肘撑着身子。天还早。吉娜穿着睡衣站在床下。“早上好。”科扎克对吉娜说。

“早上好。”她回答。

“笑一个。”科扎克对她说，吉娜开心地笑了起来。科扎克说今天早餐他想让大家吃香肠、火腿还有圆面包。斯特芬太太站起身走到楼梯间，喊道："孩子们，起来吃早餐啦！"接着下面传来床铺挪动的声音，木桌的碰撞声。厨房里有人正往壶里倒水。忽然听到两声爆炸，前后门有人喊道："犹太人都出来！都出来！"

吉娜吓得用手捂住自己的嘴。斯特芬太太慌慌张张地跑下楼。科扎克赶忙穿上衣服，他一穿上鞋我就跟着他下去了。

斯特芬太太在主屋里维持秩序，让大家安静下来。她摇了摇那些声音太大的孩子。外面德国人和乌克兰人还在叫喊。科扎克望向窗户外，好像看到了什么，拉着我朝后门外面的院子走。

院子里站满了人：五六个纳粹党卫军，一排乌克兰人，还有两个黄警。纳粹党卫军和那几个乌克兰人都穿着长外套，大热天他们不住地流汗，喊着要水。里杰金被人压着，双手绑在身后站在警察面前。科扎克问他怎么了，里杰金说让他把所有人集合起来。科扎克又问了一遍，里杰金把话又重复了一遍。

科扎克对里杰金说，他需要一点时间来集合孩子们。里杰金说他有二十分钟时间。

"跟他解释下，"科扎克对我说，"告诉他再多给我一点时间。"

"他需要再多一点时间。"我对里杰金说。

里杰金看着我。"十分钟。"他说。

科扎克退进屋里，拍了拍手，让大家听他讲话。斯特芬太太和其他工作人员忙着让那些只顾伤心的孩子认真听科扎克讲话。他让两个男孩把门关上，乌克兰人试图阻止他们，科扎克吼道：“我们还有五分钟呢，”他们便没有再干涉。

门一关上孩子们就往前挤，好像谁离科扎克最近谁就最安全。我自己也往前挤。我实在太慌张了，不停地喊：“潘医生，潘医生！”米特克抓住我的衣服后面，担心被挤跑。他的头上都是虱子，看起来像长了一头灰头发。

科扎克说，我们这栋房子里的人行为习惯都很好，有时候都不觉得这是个有孩子的地方。他说，他的母亲曾对他说过，他没什么雄心壮志，因为对他而言，无论是和自己同一阶层的，还是和看门人的孩子玩耍都是一样的。科扎克说，接下来我们要做的事情，他不愿意任何一个人经历和承受。我们要去的地方，不能玩纸牌游戏，不能晒日光浴，也不能休息。有些孩子在下面嘀咕。科扎克说，他之所以告诉我们这些，是因为他毕生都在为儿童赢取尊重，现在是时候践行他一直所祈盼的了。又有孩子发出了声音，科扎克用手势示意他们安静。科扎克继续说，别忘了摩西自己也是个被判了死刑的孩子。他告诉大家，曾经他说服了杰兹克不要拿土埋蚂蚁，而现在，那些蚂蚁也许已经回到家，正向家人讲述自己是如何活下来的。

科扎克让我们站成四列，工作人员在一旁协助。时间到了。我们还没站好门就被撞开，孩子们又喊叫起来。

科扎克等待大家安静下来之后说，他已经很为我们骄傲了，心脏激动得几近爆裂。要是有人能幸存下来，谁说一定不会是我们中的哪一个呢？他说我们还会继续看到，他将用自己的魔法，为大家弄来面包、土豆和药品。无论将来发生什么，他都永远和我们在一起。

斯特芬太太搂着一个瘦弱的五岁小男孩，让科扎克搂住另外一个小女孩。科扎克在大家面前举起了她。他说，路姆西将是我们大家的旗手，带着我们走，还有放生了蚂蚁的杰兹克。科扎克让一名工作人员把浅绿色的旗子递给杰兹克，上面画了一颗犹太星。另外两个大点儿的孩子帮他把旗子套在杆上。

米特克还穿着那双破旧的靴子，把他死去哥哥的祈祷书贴在胸前。长着粗眉毛的阿布拉沙用箱子装着他的小提琴。兹格姆丝两手空空的，什么都没拿。其他孩子带着自己的玩具或者杯子。大多数人都戴上了帽子。

前门处，一个德国兵拿着一块写字板，花了几分钟挨个点名。孩子们跟科扎克靠得更近了。一共有 192 个孩子，10 个大人。点完名，德国警察让大家在门口集合。科扎克让孤儿院的工作人员分散开，每人负责五排孩子(每排四个人)，但是多拉和巴尔比娜搞了半天还没站到自己的位置上。多拉说，自己的一辈子总是不得不当第一个，但这次她想靠后站。巴尔比娜说她这辈子从来没见过这阵仗，这也是她第一次不知道目的地就得离开的出行。科扎克把我们带出去的时候他们俩还在争吵。

天很热。人行道上挤满了人，我们不得不走在街上。斯特芬太太问这到底怎么回事，科扎克说每次有这种行动，大家都得站到自家门前。

这次行动声势浩大，像是募捐游行。烈日炎炎下，大家晒得睁不开眼，只能眯着眼睛慢慢走。大多数人都带着勺子和碗。有些孩子很开心，因为大家聚到了一起。

天空灰蒙蒙的。大街上只有我们发出声音，走路的声音。围观的人们都很安静。我们往前走，经过了索斯诺瓦、斯里斯卡还有科密特托娃等街道。走过几个街区后有人喊道："一定要保重啊！"还有人在跟某些孩子告别。

我们踩在鹅卵石铺成的地面上发出哒哒的声音，起了很多灰。来到特华达街的时候，太阳正好直射我们的眼睛。多拉唱起了《尽管暴风雨在我们耳边呼啸》，她一边唱一边举起手遮挡太阳。多拉唱歌的声音很小。

一开始多拉只是自顾自唱着，走过半个街区，斯特芬太太、巴尔比娜还有其他成员，最后甚至科扎克和别的孩子也跟着唱了起来。我开始和着曲调唱起弟弟的名字来。

"你唱的歌词不对啊。"兹格姆丝对我说。

"不要你管。"我说。旁边一个押送我们的德国人也装作跟大家唱了起来。

到了波瓦卡广场，我们看到那里还站着其他人，便不再唱歌。德国人在整理队形的时候我们抓紧休息了一会儿。科扎克把路姆西放下来。广场上的人们看到科扎克的惊讶程度不亚于科扎克看到他们时的惊讶。我们和一群比我们稍大的女孩站在一起，她们是护理学校的，身上还穿着护士服。科扎克跟带领那些女孩的女人说，他已经为自己的孩子们联系好了一辆马车。

我们又走到了一个十字路口，像是两股水流交汇了。随着人群的壮大，人们想待在自己的队伍里也越来越费劲。我们慢慢连人行道也占了，街道两旁的犹太人只好退到门口或院子里，或者挪到别的地方。几乎所有人都带着包、箱子，拖着一堆东西，有时候会撞到小孩，或者混进我们的队伍里。兹格姆丝被挤到了一边，那里到处都是丢弃的袋子或者垃圾，他费了好大劲儿才挤回来。有人喊自己忘了带配给卡，要回去拿，有的人问前面有没有水，还有人问黄警是不是聋了，怎么什么都听不见。

到了卡洛奇马拉纳街，有个戴着鞍形帽的德国军官看着我们经过。吉娜拉着我的手说，她在书包里藏了一些面包。

卡洛迪纳街上，我们行进的速度又慢了下来，因为有孩子从台阶上摔了下来。这么多人的重量太大，桥拱的木板断裂了。墙的另一侧，雅利安人的电车铃声响了起来。我看到以前偷运东西的时候经常路过的大门。杰兹克到了桥顶挥舞着手中的旗子。走下桥后他在大街上吐了。

我们继续往前走，从早上七点开始没有停下过。一路走一路摇晃。太阳已经到了头顶。我的耳朵嗡嗡作响。孩子们走路不稳，常常撞到别人。他们不给吃的也不给水喝，到底是想干吗呢？我感觉自己胃里翻江倒海，快要吐出来了。

我们在扎门后发街上停了两次。每过一会儿就有人惊讶地叫出科扎克的名字。我的鞋开线了，我也不在意，只管继续往前走。行进时，有些孩子得有人拉着才能从人行道回到队伍里。他们哭着喊着说自己渴，想休息会儿，还有的说想上厕所。我们又经过了我家曾经住的公寓楼。我看见了家里的房子。我看见了我的窗户。鲍里斯两手交叉站在前门，旁边是他妈妈。

我们到的时候，隔离区另一头的大门正好开着。德国人和乌克兰人分别站在大门两侧，手里握着棍和枪，牵着警犬。

大家推推搡搡地穿过了电车轨道，那条轨道经过铁轨旁的一个垃圾场。一根水泥杆上绕着的电线把我的袖子扯破了。比我们先到的犹太人，有的在太阳底下哭泣，有的坐在地上，有的站着。周围到处都是散乱的衣服、汤勺、玩具和人们吐出来的东西。有人找到了自己认识的人，便高兴地叫起来，互相拥抱。有些人围成圈坐着，面对面。有些人身上沾着血走来走去。

科扎克把我们带到最靠边的地方，让最小的孩子坐在墙底下的阴凉处。他让旁边的人帮忙挪个地方。

科扎克跟男孩们坐在一起，斯特芬太太跟女孩们坐在一起。有个男孩问接下来会发生什么，我听到科扎克回答："我们会去森林里。"一个黄警从杰兹克手里夺过旗子，扔出墙外。乌克兰人经过我们面前说，你们谁有好靴子赶快上缴，反正最后也会被拿走。

米特克还抓着我的衣服后面不松手。德国人维多斯克站在我们面前，向科扎克又介绍了一遍自己。他的军服已经被汗水浸湿了，甚至连扣起来的空袖子也是。他说，这种天气穿这种毛料的衣服太难受了。维多斯克脱下帽子，用袖子擦了擦额头，科扎克把注意力转向了孩子们。

维多斯克道歉说，所有这一切都是不得已。他还说他希望科扎克明白，不得已是一回事，不得已执行这次任务的人又是另一回事。维多斯克说他还希望科扎克明白，要发生的一定会发生，大家选择如何面对才更重要。

“说得有理。”科扎克说。

我听到有人在唱一首关于西伯利亚国王的歌。“是那个尿床的小男孩在唱歌！”我喊了起来，站起来四处张望。

乌克兰人和黄警开始把离他们最近的人装上车厢。人们被拉着站起来的时候发出尖叫。德国人靠着墙在一边看着，有些在嘲笑周围的孩子。维多斯克又把自己的帽子戴上，走过去和他们说笑起来。

乌克兰人和黄警开始上脚踢，把所有人都往开着的门里面赶。乌克兰人也用枪把儿把人们往车上赶。上了车的人透过小窗户的铁网把胳膊和手伸了出来。要是车厢看起来快满了，德国兵会拿起手枪朝人群开上一枪，被打中的人周围的人们就会后退，这样就又能塞进六七个人。

火车上人装满了之后，门被关上，里面的犹太人开始哭喊，一直到火车缓缓开动起来。车门处的木板被踢掉了，掀起一阵灰尘。

科扎克把手放在阿布拉沙的肩上，跟他说了些什么，其他男孩也凑上去听。斯特芬太太用胳膊搂着两个女孩。吉娜坐在地上，两只手放在腿上。一个乌克兰人俯下身，用手指了指吉娜的珠子。

黄警们聚集在一个白瓷桶旁，轮流把水倒在头上降温。里杰金接过盛水的勺子，我把米特克的手放在兹格姆丝衣服后面，走向里杰金。

“呦，看看谁来了。”里杰金说。

“我知道所有偷运者的洞口在哪里。”我说。

“我也知道。”里杰金说，他帽子上的字也被浸湿，看不出来是什么字了。里杰金把水顺着衣服前面倒了下去。

“我知道所有的偷运者都在哪。”我对他说。

“我也知道。”里杰金说。

“你不知道。”我说。

他看着我，好像之前被我骗了一样。“你想让我把你们弄出去，然后你把那些偷运者交到我手里？”里杰金说。

我指着科扎克还有斯特芬太太说：“你把他们弄出去，我就把那些人交给你。”

“啊，”他说，“好多人都想把他搞出去。”里杰金对身边的警察说了句话，便走向科扎克。

“潘医生。”里杰金说。

“里杰金先生。”科扎克说。有太阳光，他没戴眼镜，说话时眼睛眯着。

“另一列车要来了。”里杰金对科扎克说。

“总有列车会来。”科扎克说。他的身子在抖。

“这个年轻人觉得应该救你出去。”里杰金对他说。

“我觉得我们都应该被救出去。”科扎克说。

“你说的也不是没可能。”里杰金对他说。

科扎克看了看他，“那要怎么办呢？”

“你得跟我过来，问问主管的军官。”里杰金说。

“他在哪儿？”科扎克问。

“不远，”里杰金说，“十分钟就走到了。”

“你能保证我离开后这些孩子不会被带走吗？”科扎克问。

“你开玩笑的吧？”里杰金说，“是吧？”

“那我就不走。”科扎克对他说。

“你出去之后说不定有机会把大家弄出去。”我说。

“那我就应该把他们留在这个地方？”科扎克问我。

“我会看着他们的，你快点。”我说。

“你会看着他们？”他问。

“我会的。”我回答。

“你能想到，要是我走之后下一列车来了，他们会怎么样吗？”科扎克说道。

“快点走吧。”我说。

“能走到哪呢？”他说。

“您就听我的吧。”我大喊道。事实上，我想象不出来之后会怎么样。我总是想到自己成了牺牲品。除此之外再也想不到别的了。接着一辆火车呼啸着驶入我们的视线。人们哭喊得更厉害了，喊着名字，直到火车的刹车声淹没了人的声音。

科扎克回头看了看那些孩子们，斯特芬太太站了起来，走上前去。女孩们捏着她的裙角，科扎克伸出手，斯特芬太太紧紧地攥着。兹格姆丝和米特克红着眼坐在那里，满脸悲伤。“我尿裤子了。”兹格姆丝对我说，好像对他而言这是最糟糕的事了。火车车厢旁，人们又开始喊叫起来。

“大家都站起来，”科扎克说，“每四个人站成一排。”

我大哭起来，身子不停地颤抖，不知道自己嘴里说着什么，直到有人把我的手从脸上拿开。是科扎克。“别哭了。”他说。但我还是止不住。

“我还从来没让你看过我的《儿童权利宣言》。”科扎克说。他身后孩子们正在收拾自己的东西，男孩女孩都排成队站好。兹格姆丝在扯自己的裤子后面。他旁边的一个黄警哭了起来。

“我全身上下不剩一块好的地方了。”科扎克自言自语。

他弯下身子，低得我都能闻到他身上的味道。他把手放在我的脑后，额头贴着我的额头。我还在哭，他的脸被我的眼泪弄湿了，但是他越靠越近。“孩子有权利得到尊重。孩子有成长的权利。有生存的权利。有悲伤的权利。有学习的权利。孩子也有犯错的权利。”科扎克对我轻轻说道。

## *6*

关于雅努什·科扎克和他的员工以及孩子们，没有人确切知道他们生命的最后到底发生了什么。战争结束之后，有段时间人们传言科扎克、斯特芬太太还有一些孤儿被救了下来，在波兰的很多村子都有人见过他们。总之，关于这件事情众说纷纭，但最可信的说法还是，他们于 1942 年 8 月 5 日被赶到了特雷布林卡。集中营的司令员威尔弗里德·艾贝尔博士曾向其上级报告说，当时特雷布林卡因为课税繁重而陷入一片混乱，人们一来到这里就能看到堆成山的尸体。因此，在被押送到毒气室的路上伺机逃脱是几乎不可能的。

# 致谢

我写这个故事的主要目的，借用玛格丽特·尤瑟纳尔在《哈德良回忆录》注解中的一句话来说："可能的话，通过仔细研究档案本身所承载的东西，去接近内在的真实。"因此，如果没有一些至关重要的资料来源，这本小说不可能成形，或者即使成形，也会逊色很多。这些资料来源是：《雅努什·科扎克的隔离区日记》（Janusz Korczak's Ghetto Diary）；马丁·沃林思（Martin Wolins）编辑的《雅努什·科扎克作品选集》（The Selected Works of Janusz Korczak）；阿隆·才特林（Aaron Zeitlin）的散文诗《雅努什·科扎克最后的步途》（The Last Walk of Janusz Korczak）；雅各布·斯隆（Jacob Sloan）编辑的《华沙隔离区笔记：以马内利林格尔布鲁姆的日记》（Emmanuel Ringelblum's Notes from the Warsaw Ghetto）；芭芭拉·恩格金（Barbara Engelking）与杰兹克·留恰克（Jacek Leociak）合著的《华沙隔离区：通向衰落之城》（The Warsaw Ghetto：A Guide to the Perished City）；玛塔·马可思卡（Marta Markowska）的《林格尔布鲁姆档案馆：一天天走向灭亡》（The Ringelblum Archive：Annihilation — Day by Day）；博格丹·沃多斯基（Bogdan Wojdowski）的《启程者的面包》（Bread for the Departed)；和大卫·卢比诺维奇(Dawid Rubinowicz)的《卢比诺维奇日记》(The Diary of Dawid Rubinowicz)。我同样也十分感谢：约瑟夫·科尔米什(Joseph Kermish)编辑的《光荣地活着，光荣地死去：华沙隔离区地下档案选集》[To Live with Honor and Die with Honor: Selected Documents from the Warsaw Ghetto Underground Archives O.S. (Oneg Shabbath)]，罗伯特·摩西·夏皮罗(Robert Moses Shapiro)和塔多兹·艾普兹坦(Tadeusz Epsztein)编辑的《华沙隔离区林格尔布鲁姆档案馆目录索引》(The Warsaw Ghetto Oyneg-Ringelblum Archive Catalog and Guide)；阿朗·阿德逊(Alan Adelson)编辑的《大卫·斯拉柯伟科日记》(The Diary of Dawid Sierakowiak)；盖·米龙(Guy Miron)和施罗密特·舒尔哈尼(Shlomit Shulhani)编辑的《大屠杀集中营百科全书》(The Yad Vashem Encyclopedia of the Ghettos During the Holocaust)；米查尔·格林伯格(Michał Grynberg)编辑的《比我们留存更久的文字：华沙隔离区的目击者记录》(Words to Outlive Us: Eyewitness Accounts from the Warsaw Ghetto)；杰弗瑞·山德乐(Jeffrey Shandler)编辑的《醒悟的生命：大屠杀前波兰犹太青年的自传》(Awakening Lives: Autobiographies of Jewish Youth in Poland Before the Holocaust)；杰克·库格马斯(Jack Kugelmass)和乔纳森·柏亚林(Jonathan Boyarin)编辑的《来自被毁灭的花园：波兰犹太人的纪念册》(From a Ruined Garden: The Memorial Books of Polish Jewry)；维克多利亚·斯里瓦斯卡(Wiktoria

Śliwowska)编辑的《最后的目击者：大屠杀中的儿童说》（卷一）（The Last Eyewitness：Children of the Holocaust Speak, Volume 1）和雅库布·古登堡（Jakub Gutenbaum）和阿涅兹卡·拉塔（Agnieszka Latał）编辑的第二卷；麦隆·威尼克（Myron Winick），M.D.编辑的《饥饿病：华沙隔离区医生的研究》（Hunger Disease：Studies by the Jewish Physicians in the Warsaw Ghetto）；温迪·娄威（Wendy Lower）编辑的《萨缪尔·格尔法德的日记和加利西亚的大屠杀》（The Diary of Samuel Golfard and the Holocaust in Galicia）；洛尔·休博格（Raul Hilberg），斯达尼斯劳·斯塔隆（Stanislaw Staroń）和约瑟夫·科尔密斯（Josef Kermisz）编辑的《亚当·捷尼亚科夫的华沙日记》（The Warsaw Diary of Adam Czerniakow）以及贝蒂·吉恩·里夫顿（Betty Jean Lifton）的《孩子王》（The King of Children）。我同样发现阿涅兹卡·维特口丝卡·克里奇（Agnieszka Witkowska-Krych）的文章《华沙孤儿院住院医生和其他工作人员最后的旅程》（"The Last Journey of the Residents and Staff of the Warsaw Orphanage"）对我们也十分有用；路简·多布罗兹基（Lucjan Dobroszycki）的《陀兹隔离区的编年史：1941—1944》（The Chronicle of the Łódź Ghetto, 1941 - 1944）；勒尼·亚修（Leni Yahil）的《大屠杀：1932—1945年欧洲犹太人的命运》（The Holocaust：The Fate of European Jewry 1932 - 1945）；库尔特·格鲁布勒（Kurt Grübler）的《黑夜旅途：雅各布·利特奈的大屠杀回忆录》（Journey Through the Night：Jakob Littner's Holocaust Memoir）；阿迪娜·布拉迪·兹瓦

杰儿(Adina Blady Szwajger)的《我只记得：华沙儿童医院和犹太人的抵抗》(I Remember Nothing More：The Warsaw Children's Hospital and the Jewish Resistance)；阿布拉汗·莱温(Abraham Lewin)的《一杯眼泪：华沙隔离区日记》(A Cup of Tears：A Diary of the Warsaw Ghetto)；安东尼·坡隆斯基(Antony Polonsky)编辑；洛尔·休博格(Raul Hilberg)的《对欧洲犹太人的迫害》(The Destruction of the European Jews)；古特尔·史瓦博格(Günther Schwarberg)的《在华沙隔离区》(In the Ghetto of Warsaw)：海因里奇·乔斯特(Heinrich Jöst)的照片；汉娜·克拉尔(Hanna Krall)的《挡住火焰：与华沙聚居区儿童抚育中心最后一位幸存者马雷克·艾德曼博士的私人对话》(Shielding the Flame：An Intimate Conversation with Dr. Marek Edelman, the Last Surviving Leader of the Warsaw Ghetto Uprising)；瑙米·萨姆森(Naomi Samson)的《躲藏：一个孩子眼中的大屠杀》(Hide：A Child's View of the Holocaust)；威利·乔治(Willy Georg)的《在华沙隔离区：1941年夏》(In the Warsaw Ghetto：Summer 1941)；约尔根·斯图普(Jürgen Stroop)的《斯图普报道》(The Stroop Report)；拉里·斯提尔曼(Larry Stillman)和莫里斯·勾德奈(Morris Goldner)合著的《地狱之合：犹太男孩和反抗纳粹的波兰暴徒》(A Match Made in Hell：The Jewish Boy and the Polish Outlaw Who Defied the Nazis)；曼尼·德鲁科尔(Manny Drukier)的《大屠杀那些年——一个男孩的故事：刻在石头上》(Carved in Stone：Holocaust Years — A Boy's Tale)；伯纳

德·高特弗莱德(Bernard Gotfryd)的《鸽子迷安东和其他关于大屠杀的故事》(Anton the Dove Fancier and Other Tales of the Holocaust);利兹·科令汉姆(Lizzie Collingham)的《战争的滋味:二战和食物争战》(The Taste of War: World War Ⅱ and the Battle for Food);约瑟夫·兹米安(Joseph Ziemian)的《三十字广场上卖香烟的人》(The Cigarette Sellers of Three Crosses Square);乔治·艾森(George Eisen)的《大屠杀中的儿童和戏剧:阴影下的游戏》(Children and Play in the Holocaust: Games Among the Shadows);鲁宾·卡兹(Rubin Katz)的《去往皮奇博一:战争中一个男孩生死挣扎》(Gone to Pitchipoï: A Boy's Desperate Fight for Survival in Wartime);罗切勒·G.赛德尔(Rochelle G. Saidel)的《波兰梅莱茨:沦为纳粹集中营的犹太村庄》(Mielec, Poland: The Shtetl That Became a Nazi Concentration Camp);阿维亚德·克莱伯格(Aviad Kleinberg)的文章《犹太教的魅力:以色列人的焦虑和困惑》("The Enchantment of Judaism: Israeli Anxieties and Puzzles"),《批判探索》(总第35期,2009年春)[Critical Inquiry 35, no. 3 (spring 2009)];克劳德·兰兹曼(Claude Lanzmann)的纪录片《大屠杀》(Shoah);和丹尼尔·门德孙(Daniel Mendelsohn)的《丢失的人:寻找六百万人中的六个》(The Lost: A Search for Six of Six Million)。

同样,这本书的完成也离不开以下朋友的灵感、支持和专业帮助,他们是科里甘·特莱诺尔(Creaghan Trainor),丹尼尔·门德孙(Daniel Mendelsohn)，艾丹·德凯尔(Edan Dekel)，安德里·巴雷特(Andrea Barrett)，蕾贝卡·奥姆(Rebecca Ohm)，里奇·雷姆斯博格(Rich Remsberg)，玛科塔·鲁丽科瓦(Marketa Rulikova)，丹·坡尔斯拜(Dan Polsby)，托马兹·酷兹纳尔(Tomasz Kuźnar)，和迈克尔·格罗斯(Michael Gross)；也离不开以下编辑的热情和智慧，对本书的不足之处予以补救：本·乔治(Ben George)，里甘·亚瑟(Reagan Arthur)，吉姆·鲁特曼(Jim Rutman)，彼特·麦特森(Peter Matson)，和盖里·费斯科特金(Gary Fisketjon)；还离不开以下朋友提供的研究资源：罗恩·科尔曼(Ron Coleman)，文森特·斯拉特(Vincent Slatt)，卡洛琳·瓦德尔(Caroline Waddell)和美国大屠杀纪念馆的南希·哈特曼(Nancy Hartman)；国家档案馆的特莱萨·罗伊(Theresa Roy)；科扎克文献与研究中心的阿涅兹卡·维特卡斯卡·克里奇(Agnieszka Witkowska Krych)；兹多维斯基历史研究院(Zydowski Instytut Historyczny)的阿涅兹卡·雷兹卡(Agnieszka Reszka)；阿雷克桑拉·班卡斯卡(Aleksandra Bańkowska)和伊曼纽·林格本犹太历史研究院的简·佳吉斯基(Jan Jagielski)和波兰犹太人历史博物馆的朱斯缇娜·马杰斯卡(Justyna Majewska)。我还要感谢阿涅兹卡·沃托维兹·亚奇(Agnieszka Wojtowicz Jach)，沃杰奇·布拉兹卡(Wojciech Błaszczyk)和莫妮卡·奥乐斯叩(Monika Oleśko)帮助我与华沙方面取得联系与沟通。我还要感谢艾利克斯·都奈(Alex Dunai)一直热情地为我提供信息，并且在波兰城市和农村都给予了我很多资源与专业指导。

我还要感谢为这本书提供了证言支持的以下朋友：福里达·阿隆(Frieda Aaron)，伊蕾娜·阿布拉汗姆(Irena Abraham)，菲拉·阿布拉莫维奇(Fela Abramowicz)，埃尔文·薄姆(Erwin Baum)，伊沙丽尔·博肯瓦德(Israel Berkenwald)，阿巴拉汉姆·薄巴(Abraham Bomba)，海伦·布洛姆博格(Helen Bromberg)，奈李·卡萨那(Nelly Cesana)，米特克·艾杰尔(Mietek Ejchel)，丽莉·芬斯特(Lily Fenster)，亨利·弗兰克尔(Henry Frankel)，西蒙·弗里德曼(Simon Friedman)，亨利·哥德伯格(Henry Goldberg)，萨姆·哥德伯格(Sam Goldberg)，海涅·戈德曼(Henia Goldman)，多里斯·福克斯·格林伯格(Doris Fuchs Greenberg)，马策尔·古耐尔(Marcel Gurner)，大卫·哈斯基尔(David Haskil)，约瑟夫·修姆布劳(Josef Himmelblau)，乔拉·霍夫曼(Jola Hoffman)，大卫·乔库博斯基(David Jakubowski)，爱奈尔·朱雷科(Erner Jurek)，大卫·科桥斯基(David Kochalski)，安德兹·克劳泰梅尔(Andrzej Krauthamer)，萨拉·拉堡维兹(Sara Lajbowicz)，安妮·李维(Anne Levy)，安娜·雷克维兹(Anna Lewkowicz)，雅库布·米歇尔维奇(Jakub Michlewicz)，艾蕾娜和施蒙·诺斯克维奇(Irene and Shimon Noskovicz)，亨利·努斯鲍姆(Henry Nusbaum)，萨缪尔·奥芬(Samuel Offen)，米歇尔·品卡斯(Michel Pinkas)，格尔达·里夫卡(Golda Rifka)，安卡·洛奇曼(Anka Rochman)，斯拉马·罗特尔(Slama Rotter)，莉迪亚·希亚尔兹(Lidia Siciarz)，杰克·斯皮格尔(Jack Spiegel)，泽尔纳·斯特玛(Czerna Sterma)，菲拉·华少(Fela

Warschau)，理查德·魏德曼(Ryszard Weidman)，兹拉·威耐尔(Cyla Wiener)，特别是玛丽安·马尔兹斯基(Marian Marzynski)。

最后，我还要向这本书最早的几位读者所作出的贡献表示特别感谢。他们的热情和活力让这一切得以进行下去。这几位读者是：盖里·泽布伦(Gary Zebrun)，罗恩·汉森(Ron Hansen)，特别地，桑德拉·隆(Sandra Leong)对这本书初稿和终稿的意见都对我帮助很大。凯伦·谢泼德(Karen Shepard)既是这本书的第一个读者，也是最后一个，我想感谢她一直都客观公正地告诉大家，她一直在帮我把这本书做得更好。